Nagelprobe 21

Texte des Jungen Literaturforums
Hessen-Thüringen

Herausgegeben
vom Hessischen Ministerium
für Wissenschaft und Kunst

Weitere Informationen über den Verlag und sein Programm unter:
www.allitera.de

Bibliographische Information der Deutschen Bibliothek

Die Deutsche Bibliothek verzeichnet diese Publikation
in der Deutschen Nationalbibliographie;
detaillierte bibliographische Daten sind im Internet
über <http://dnb.ddb.de> abrufbar.

April 2004
Allitera Verlag
Ein Books on Demand-Verlag der Buch&media GmbH, München
© 2004 für die Anthologie: Buch&media GmbH, München
© 2004 der Einzelbeiträge beim Hessischen Ministerium
für Wissenschaft und Kunst, Wiesbaden
Umschlaggestaltung: Kay Fretwurst unter Verwendung
eines Motivs von Bettina Hermann
Herstellung: Books on Demand GmbH, Norderstedt
Printed in Germany · ISBN 3-86520-053-2

Nagelprobe 21

Vorwort

Die Preisrede

Wie und zu welchem Ende bewirbt man sich um einen Preis des Jungen Literaturforums?

Wie? – Postalisch, papieren, präzise – computergestützt, wenn möglich.

Zu welchem Ende? – Zum guten. Als Finale gilt eine prächtige, ehrenerhebende Preisverleihung mit hübsch betonten Schriftverlesungen und Reden; ein gutes Ende, wie wir es just erleben.

Zuvor aber steht eine winzige Hürde: Es muss etwas geschrieben werden. Oder formulieren wir's vollendet vergangen: Es muss geschrieben worden sein.

Der längst vollendete Dichter der Vergangenheit, der olle hessische Literaturbote Büchner, fragte, dramatisch verpackt: »Was ist es, das in uns lügt, hurt, stiehlt und mordet?« Abgemildert: Was ist es, das in uns erzählen will, von Lug und Trug, natürlich von Liebe und deren jahreszeitlich schwankendem Hormonaufkommen? Wer denn berichtet so gern aus unserer Mitte von unehrerbietigem Beischlaf, Diebstahl, Mord? Ist es der erzählende Beelzebub?

Darauf weiß ich keine Antwort. Ich weiß nur, dass diese Rede, nachsinnend über Erzählanlässe, im Folgenden in zwei Teile zerfällt:

Die Lust des Schreibens

Der Schreiber resp. dessen weibliche Form darf alles. Er kann sich von seinen Eltern im Glasgefängnis suchen lassen, dieweil er sich längst von dannen gemacht hat. Sie darf sich wie ein kleiner Käfer fühlen, auf den einer draufgelatscht ist. Er mag auch konventionell anheben: »Wie lange ich sie schon liebe, weiß ich gar nicht mehr.« Dieser kann ein Schlafgeselle sein, jene darf einem andern in die Kleingartenanlage »Friedenseck« folgen. Ein Schreiber kann sich selbst als glücklichen Verlierer samt glücklicher Familie mit einem harten Aufprall in den Himmel befördern und höchsteigen davon berichten, wie überhaupt der Selbstmord auf dem Papier Konjunktur in allen Zeiten hat. Die Preisbewerberin darf unversehens ihre Schreib-Art so klassifizieren: »... hoffe, dass meine Züge, meine Sprache ohne Glasur sein werden.« Sie kann die sozialpolitisch-moralideologische Tatsache einer Abtreibung mit ihrer bildhaften Wertung versehen: »Gepult, gepopelt / Gepökelt wie ein / Lappen rohes Fleisch«. Und wenn ihr gar nichts mehr einfällt vorm Computer, lässt sie den Bildschirmschoner in sich zusammenfallen. Büchner hätte ein Bildschirmschoner-Einfall wahrlich nie kommen können – der hätte auch keiner Idee aufsitzen können, den Alltag zwischen 08/15 und 11 88 0 chiffrieren zu wollen. Selbst die Kleinkaliberwaffe wartete 1830 noch auf ihre Erfindung.

Aber gewiss hätte man auch zur Zeit des Hessischen Landboten als passiver Erzähler im Bett anheben können. Die im Bett faulenzende Person, an der das Leben vorbeiflutet, hieß mal Oblomow. Sie gab es später beim polnischen Dramatiker Rozewicz; beliebt ist sie jetzt bei Preis-Bewerbern.

Seit zumindest zweihundert Jahren aber könnte eine Geschichte schon immer so anheben: »Ein paar Hundert Besoffene sind im Kirmeszelt versammelt.« Heute kulminiert ein solcher Anfang via Feuerzeugschwenken in englischen Onelines: *And you whispered to those in pain* – vielleicht kann ich hier einflechten, dass deutsche Literaturbeurteiler zunehmend gepeinigt feststellen müssen, dass dort, wo deutsche Beschreibungskraft versagt, der Erzähler zwar keine Opern zu singen beginnt, aber gern englisch zittert und zitiert: *Like a candle in the wind.*

Last but not least: Zur Lust des Schreibens gehört auch, dass ein Lobredenschreiber aus lauter Dummdidelei sich schnell mal Schiller in Jena anzuverwandeln sucht. Schiller traktierte einst seine ihm massenhaft durch Gässchen von Hörsaal zu Hörsaal folgenden Zuhörer mit der Frage: Wie und zu welchem Ende studiert man Universalgeschichte? Der Redner heute kann auf falsche Fährten locken, seinem

Affen Zucker geben und brave potentielle Preisträger verwirren: Wie und zu welchem Ende bekommt man endlich ein Preisgeld ans Revers geheftet? Davor, liebe Zeilenschöpfer und Geschichtenanfänger, steht der zweite Teil dieser Laudatio mit seiner vertrackten Behauptung:

Die Last des Lesens

Es genügt eben nicht, sich in Kleingartenanlagen oder Selbstmordhimmel zu begeben, wenn die Geschichte nicht so stringent erzählt wird, dass sie einen Zweiten – und sei es ein einziger Zweiter – erreicht. Die den Autor selbst verblüffende Verszeile bringt nichts, wenn sie nicht wenigstens einen Leser zum Lachen, Weinen, Aufmerken oder Erschrecken verführt. Literatur, wo sie sich auf einen Preisgewinn einlassen möchte, kann nicht nur dem Programm des Schreibers genügen – sie muss in unserm Fall den Jurorinnen zusagen: Martina Dreisbach, Antonia Günther, Renate Wiggershaus. Und meinen Juroren-Kollegen und mir sollte sie auch gefallen: Martin Lüdke und Heinz Stade.

Ja, wir sind zum Lachen und Weinen gebracht worden. Das Lachen war nicht selten eines über unfreiwillige Komik. Ganze Seriennummern von Einsendungen war uns gelegentlich zum Weinen: Warum wird konkretes Liebesleid ständig mit Schwammwörtern beschrieben? Warum hebt einer an zu erzählen und merkt nicht, dass er nix zu erzählen hat? Warum wird der Grammatik und Bildhaftigkeit der deutschen Sprache so schlimmer Tort angetan? Warum merkt ein offensichtlich gestandenes studiertes Mannsbild nicht, dass es die Zeit am Computer herumgebracht hat wie ein leeres Geschwätz? Dem Text fehlt das Unverwechselbare, fehlt die Persönlichkeit.

Und doch gibt es auch für uns die Lust des Lesens. Wenn uns eine Pointe überfällt wie der plötzliche Kuss im Nacken. Wenn uns eine Zeile anspringt und noch Stunden später im Gemüt herumspukt – dann lächeln wir selig wie Morgensterns satter Säugling.

Der Verleger Peter Suhrkamp klassifizierte Arten des

Lesens dreifach: Lesen zur Orientierung. Lesen als Übung. Schöpferisches Lesen. Wir lesen Texte zu unserer – und der preisverleihenden Ministerien – Orientierung. Und wenn uns ein Text packt, kann er vielleicht in uns schöpferisch wirken. Dann wollen wir uns dazu äußern, ihn verteidigen, eine Crux an ihm finden. Einer, der das ein Dezennium tat, mit plebejischem, gar erdverbundenem Engagement, weil er als Zeitungsmensch Lesermeinungen gut kennt, ist Heinz Stade. Er will sich heute aus der Jury verabschieden, weil er meint: Zehn Jahre sind genug! Wir sind nicht unbedingt dieser Meinung, aber dieser Abschied gibt mir die Möglichkeit, eine letzte Einlassung zur vertrackten Last und Lust des Lesens anzumerken.

Heinz Stade hat einst in tiefer DDR geschrieben und gelesen. Diese Tätigkeit änderte dann plötzlich mal sehr heftig seine Lebensbahn, bevor die DDR viel später aus ihrer schiefen Bahn geriet. Als Redakteur hatte Stade Leute porträtiert, die laut höherer Meinung so nicht beschrieben werden sollten. Als Kritiker hat er ein Buch des damals vielen Menschen bekannten Erwin Strittmatter rezensiert, das so nicht besprochen werden sollte.

Stades Texte hatten die falschen Leser gehabt. Leser mit Amt und unfehlbarer Meinung. So fand er sich bald außerhalb führender Partei und Regionalzeitung auf der Straße wieder.

Wenn solche Geschichten aus früheren bösen Regimes einst erzählt wurden, hieß es dann abschließend und versöhnend: In unserer Zeit wird im Unterschied zu früher alles Gute bis zum Ende vollstreckt. In unserer besseren Gesellschaft kann solches nimmer passieren.

Ich mag dies abschließend nicht anhängen: Wer schreibt, bleibt, sagt die Skatregel, aber mit Geschriebenem kann man Schreiber festnageln. Festnageln ist schmerzhaft. Wer Geschichten unters Volk bringt, erntet nicht nur Wohlgefallen und eher selten Preise. Der kann auch in dieser anscheinend so tugendhaft demokratischen Gesellschaft ausgegrenzt werden. Der kann Einkommen und Auskommen und jegliche Versicherung verlieren. Diese Erfahrung machen leidenschaftlich Schreibende immer und immer wieder. Aber sie müssen sie selber machen. Sie – Sie großgeschrieben – werden davor nicht geschützt sein. Bei diesen Erfahrungen wünsche ich Ihnen, den Preisträgern, den ausgezeichneten und den lobend erwähnten, Ihrem Anhang und den im Raum sitzenden Würdenträgern für besondere literarische Angelegenheiten Mut, Kraft, schöpferischen Spaß – und gelegentlich ein paar Erfolge.

im März 2004
Matthias Biskupek

Texte der Preisträger

Lena Hammerschmidt

Die Komplizin

André pinkelt gerade. Wir sind jetzt gut drei Stunden gefahren und machen Halt an dieser Raststätte. Wir sind die Einzigen, fast idyllisch, wenn es nicht nach Klo riechen würde und all die Autos nicht wären. Es ist ein heißer Tag, wir lüften das Auto, alle Türen sind offen, auch der Kofferraum. Ich hol mir was zu essen raus.

Wir wollen zu Freunden, die sturmfrei haben – Pärchenabend – nein, da muss ich lachen. Die beiden sind nett, es wird sicher schön. Wenn das Wetter so bleibt, gehen wir bestimmt baden.

Ein Auto kommt. Zwei Jungs. Hm. Der eine geht auch pinkeln. Er hat ein Basecape auf. Marco hat auch so eins. Ich kann Marco nicht leiden.

Ich sitz auf'm Beifahrersitz, esse mein Käsebrot.

Eine Fliege hat sich verirrt. Sie summt an der Glasscheibe der Tür entlang, prallt dagegen, fliegt zwei Zentimeter zurück, um wieder gegen die Scheibe zu knallen. So was Doofes. Sie muss doch nur wegfliegen, die Tür ist schließlich offen. Sie macht das immer noch. Fliegt immerzu hin und her. Ich will sie mit der Hand wegscheuchen, doch sie hängt sich wieder an die Scheibe. Mann, sie muss doch nur wegfliegen, um sie herum ist Freiheit. Sie begreift es einfach nicht. Ich hab mich das schon mindestens eintausend Mal gefragt, wieso Fliegen gegen Glas fliegen, wenn sie doch eigentlich ganz leicht rauskämen. Klar, sie begreifen halt nicht, dass das nur Glas ist.

Ich beobachte die dumme Fliege, der Basecape-Typ kommt vom Pinkeln zurück. Als die zwei Jungs vorbeifahren, denke ich, dass sie ziemliche Idioten sein müssen, weil Typen mit tiefer gelegten Golfs und so 'ner Protzanfahrerei immer Idioten sind. Dass der eine im Vorbeigehen die Videokamera und das Handy aus dem Kofferraum genommen hat, werde ich erst in einer Minute bemerken, wenn André vom Klo kommt und wir weiterfahren wollen. Und wenn er mich dann fragt, ob ich denn total bescheuert bin, kuck ich nach der Fliege. Aber die ist dann weg.

Björn Jager

Letzte Liebe

Wie lange ich sie schon liebe, weiß ich gar nicht mehr. Es ist wohl eine ganze Weile, einige Monate vielleicht. Aber manchmal habe ich das Gefühl, dass ich sie bereits begehrt habe, als ich sie noch nicht kannte ...
 Und ich glaube, ich weiß, dass sie es ist, auf die ich schon so lange warte.

Meine Mutter hat bemerkt, dass ich sie gerne ansehe. Sie hat mich schon ein paarmal dabei erwischt, wie ich zu den Nachbarn herübergeblickt habe, um das Mädchen, das ich liebe, wenigstens kurz zu sehen.
 Meine Mutter mag es nicht, wenn ich Mädchen anschaue, deshalb hatte ich auch noch keine richtige Freundin, weil Mutter es nämlich nicht dulden würde. Vielleicht, ja, vielleicht ist jetzt aber der Moment gekommen, an dem sie merkt, dass ihre Macht schwindet und sie meine Gefühle nicht weiter einsperren kann. Zunächst jedoch muss ich warten ...

Marie heißt das Mädchen von nebenan, und sie ist vierzehn. Das alles weiß ich, weil sie in meine Klasse geht, seit sie vor einiger Zeit mit ihren Eltern im Nachbarhaus eingezogen ist. Wenn ich sie aber auf der Straße oder in der Schule treffe, ist sie immer ein wenig schüchtern, das macht es schwer, mehr über sie zu erfahren. Sie hat blonde lange Haare und trägt am liebsten – glaube ich – ein weißes Trägerkleid, das mit strahlend roten und blauen Blüten bestickt ist. Wenn sie durch die Straße läuft und der Wind sich in ihrem Haar verfängt, es über ihre Schultern wehen lässt, sie an der Nase kitzelt und sie zu lächeln beginnt, dann weiß ich um das Göttliche im Menschen und begreife, dass es so etwas wie Zufall nicht geben kann. Dass es etwas gibt, was uns zu dem gemacht hat, was wir sind, dass da etwas ist, was unseren Weg vorbestimmt, dass einige von uns Engel sind, wohingegen andere Monster sein müssen. Dies alles sehe ich, wenn ich nach draußen schaue und die Sonne in Maries Augen erblicke und in diesen Augenblicken weiß ich, dass sich unsere Wege kreuzen werden, eines Tages, wenn die Zeit dafür reif ist.

Meine Mutter ist nie darüber hinweggekommen, dass mein Vater uns kurz nach meiner Geburt verlassen hat. Seitdem bin ich der einzige Mensch in ihrem Leben, sie hat später nie mehr versucht, jemanden kennen zu lernen, und wird es auch nicht mehr tun. Sie sagt immer, ich genüge ihr vollkommen, und das sagt sie im liebenswertesten Tonfall, den ich von einem Menschen zu hören erwarten kann. Wenn sie dann in dieser Stimmung der absoluten Zuneigung ist, verbringen wir sehr viel Zeit miteinander. Wir spielen Spiele und kochen uns gemeinsam unser Lieblingsessen, gehen spazieren und liegen zusammen in ihrem großen Bett und sind glücklich, dass wir uns haben, weil wir beide wissen, dass wir niemand anderen mehr haben werden. Dieser Gedanke macht mich so unendlich friedlich, dass ich dann vollkommen entspannt in ihren Armen einschlafen kann.

Letzte Woche habe ich Marie nach der Schule im Garten beobachten können. Mutter war einkaufen, so dass ich mich unbemerkt nach draußen schleichen konnte, um den Garten umzugraben – um sie zu sehen.
 Sie lag in einem Liegestuhl aus dunklem Holz auf einer weißen Liegestuhlauflage und trug ihren roten Bikini. Ihre von der Sonne bereits gebräunte Haut glänzte von der Sonnenmilch, mit der sie sich zuvor eingecremt haben musste. Ihre Augen waren fest geschlossen, so dass sie aussah, als schliefe sie. Ihr flacher Bauch hob und senkte sich mit jedem Atemzug, und ich konnte sehen, dass sie für ihr Alter bereits sehr schön geformte Brüste hatte.
 Es war heiß, und ich dachte darüber nach, ins Haus zu gehen, um mir wenigstens ein kurzärmeliges Hemd anzuziehen, war aber nicht fähig, den Spaten aus der Hand zu legen, meine Arbeit ruhen zu lassen. Wie ein Besessener stieß ich das Metall in die ausgetrocknete Erde, lockerte

den Boden Zentimeter für Zentimeter und ließ Marie kaum aus den Augen. Je näher ich mich an den Zaun zwischen unseren Grundstücken heranarbeitete, desto deutlicher konnte ich ihre zarten Gesichtszüge erkennen.

Plötzlich öffnete sie die Augen und drehte den Kopf zu mir. Sie schien erstaunt, mich im Garten zu sehen, vielleicht war es aber auch nur meine seltsame Kleidung in dieser Hitze, die Unsicherheit in ihrem Blick aufflackern ließ. Noch bevor sie etwas sagte, sah ich einen glitzernden Schweißtropfen aus ihrem Haaransatz über ihre Wange bis ans Kinn laufen, wo er einen Augenblick verweilte, um dann auf ihren Bauch zu fallen und dort zu zerstäuben. Dieser Anblick ließ mich kurz schwanken, und ich musste meinen Spaten fester umklammern, um nicht das Gleichgewicht zu verlieren. Noch unsicherer als zuvor sah Marie zu mir hinüber, strich sich eine feuchte Haarsträhne aus der Stirn und grüßte mich knapp, bevor sie im Haus ihrer Eltern verschwand. Auch ich huschte zurück in unseren Keller, um mir dort – mit dem Bild ihrer feuchten Haut vor Augen – selbst Erleichterung zu verschaffen.

Am schlimmsten sind die Momente, in denen Mutter sich an meinen Vater erinnert. Sie behauptet dann immer, ich sähe genauso aus wie er – obwohl das nicht stimmt, das weiß sie besser als ich: Ich bin meinem Großvater, ihrem Vater, wie aus dem Gesicht geschnitten, dies wird jeder bestätigen, der Fotos von ihm aus jüngeren Jahren gesehen hat.

Mutter beschimpft mich in diesen Phasen als nichtsnutzigen Feigling, als Drecksau. Sie schlägt mich mit Kleiderbügeln und allen anderen Dingen, die sie dann zufällig gerade in ihren Händen hält. Sie brüllt, ich wolle sie auch verlassen, wie es einst mein Vater getan hat, nachdem er mich das erste Mal nach meiner Geburt im Krankenhaus gesehen hatte. Ich glaube, sie kann ihm diesen letzten Besuch im Krankenhaus nicht verzeihen. Sie hat einmal gesagt, wie kann ein Mann gehen, wenn er zum ersten Mal sein Baby gesehen hat?

In den Augenblicken des Hasses versuche ich immer, sie zu besänftigen, ihr klar zu machen, dass ich sie nicht im Stich lassen werde. Aber sie glaubt mir dann meist nicht, und ich weiß, warum: Weil sie längst gemerkt hat, dass ich gerne den Mädchen hinterherschaue. Sie weiß, dass ich mich nach anderen Körpern als dem ihren sehne ...

Nach unserer Begegnung im Garten merkte ich schnell, dass mir bloßes Beobachten nicht mehr genügte, dass ich nun endlich den nächsten, den letzten Schritt wagen musste. Ich wollte ihre Hand statt meiner zwischen meinen Beinen spüren, sehnte mich nach ihrem Mund auf meinen Lippen. Ich wollte mir ihr zusammen die Grenzen überschreiten, wollte sie lieben und die Ekstase fühlen, die mir durch nichts anderes auf der Welt gegeben werden konnte. Der letzte Tag rückte näher.

Vor langer Zeit – lange bevor ich Marie das erste Mal durch die Sonne und den Wind laufen sah – lag ich neben meiner Mutter im Bett und hielt ihre Hand fest in meiner. Stunden lagen wir nun bereits so und ein jeder hing seinen Gedanken nach, glücklich, diesen Moment der Zweisamkeit miteinander teilen zu dürfen. Ich durchbrach diese Stille, indem ich sie fragte, ob ich ihr etwas erzählen dürfte. Sie blickte mich lange an und antwortete auf diese einfühlsame Art und Weise, die ich in ihren guten Momenten so sehr liebte, natürlich könne ich ihr etwas erzählen.
»Glaubst du daran, dass manche Menschen fähig sind, das Göttliche auf der Welt zu erkennen? Das Gute und das Monströse? Glaubst du mir, wenn ich sage, dass ich manchmal Dämonen und Engel sehe, dass ich manchmal weiß, wann unser Weg zu Ende ist oder ein neuer beginnt, dass ich manchmal das Gute und das Böse in allem auf dieser Erde zu erkennen vermag?«
Sie drehte sich auf ihren Rücken und starrte die Decke an, ohne mir eine Antwort zu geben. Ich hatte zunächst Angst, sie könnte mich nicht verstanden haben und wollte daher versuchen, ihr meine Gedanken zu erklären, aber sowie ich anfing weiterzureden, unterbrach sie mich auf der Stelle und bat mich, nichts mehr zu sagen, um darüber nachzudenken und mir eine Antwort auf diese Frage zu geben. Nach lan-

gem Zögern begann sie zu sprechen, und ich konnte eine Träne in ihren Augenwinkeln entdecken.

»Ob ich glaube, dass manche Menschen Gottes Plan erkennen können? Du fragst mich, ob ich daran glaube, dass es Menschen gibt, die in die Augen ihrer Mitmenschen schauen und um die Schandtaten dieser Menschen wissen, gleich, ob sie bereits geschehen sind oder erst in der Zukunft begangen werden? Ich kann dir diese Frage nicht beantworten, weil ich darauf keine Antwort habe, aber ich habe diese Worte vor langer Zeit schon einmal gehört: Von deinem Vater.«

Ich stehe vor meinem Kleiderschrank und mache mich für die Schule fertig. Meine Tasche ist bereits gepackt, und ich muss nur noch meine Schuhe anziehen. Ich schaue nebenbei aus dem Fenster und sehe Marie an unserem Haus vorbeilaufen, auch auf dem Weg zum Unterricht.

Der Moment ist gekommen, ich weiß, dass ich heute mit ihr reden werde, und ich weiß auch, wo: Auf dem Weg zur Schule müssen wir beide durch einen kleinen Wald. Die Schule liegt auf der anderen Seite des Waldes, direkt am Rande der Stadt. Da es auf unserer Seite des Waldes außer dem Haus meiner Mutter und dem von Maries Eltern keine Häuser mehr gibt, werde ich ungestört mit ihr reden können: Niemand außer uns wird auf dem Schulweg sein.

Ich greife nach meiner Tasche, ihr Griff entgleitet mir, weil meine Hände vor Aufregung schon ganz feucht sind. Auf dem Weg zur Haustür schaue ich in den Spiegel, sind meine Haare in Ordnung? Ich sehe in meine Augen, sehe ihre schwarzen Höhlen und das Feuer, das aus meinem Schädel schießt, sehe durch mich hindurch und erkenne, was ich schon immer erkannt habe, seit ich in den Spiegel schauen kann.

Einmal nur habe ich meine Mutter gefragt, warum mein Vater uns verlassen hat.

Sie schaute nicht auf, als sie sagte: »Wegen einem von uns beiden, mein Herz. Wegen einem von uns …«

Noch immer wird Adrenalin in meinen Körper gepumpt, aber ich muss versuchen ruhig zu bleiben, damit meine Schüler nichts merken. Am Ende der Stunde gebe ich ihnen noch eine kurze Hausaufgabe, und während sie den Raum verlassen, sehe ich zu Maries Stuhl, der heute leer geblieben ist und immer leer bleiben wird, weil sie mich im Wald nicht zurücklieben wollte.

Alice Kerpen

ICH FÜHLE MICH
wie ein
kleiner käfer
auf den einer
draufgelatscht ist

tritt nochmal
drauf
sag ich dir
und erlös mich
endlich

ich pfleg dich
gesund
sagst du

Florian Lamp

Tubasolo!!

Ein paar Hundert Besoffene sind im Kirmesfestzelt versammelt. Die Original 5 Lustigen Spielverderber aus Wolkentalberg im Unteroberallgäu spielen zum 15. Mal den Anton aus Tirol, als plötzlich und unvermittelt Elton John oben auf der Bühne steht.

Sein eingepflanztes Kunsthaar stilvoll zum Gamsbart aufgestylt, mit einer Rehhornbrille im Gesicht und einem großen roten Duschvorhang mit weißen Rosenapplikationen um die Schultern steht er nur da. Keine Bewegung, kein Blinzeln, kein Räuspern, kein Gar Nichts.

Elton John steht und das – das muss man neidlos anerkennen – kann er wirklich gut. Dastehen. Nach und nach hat es jeder im Kirmeszelt mitbekommen, dass da oben auf der Bühne bei den 5 Lustigen ein Sechster steht. Seltsam angezogen und wie in Beton gegossen. Ganz ruhig, bewegungslos. Elton John.

Langsam wird es im Zelt immer leiser, nur vereinzelt hört man Rufe wie »Das ist doch Elton John!!!«, »Kann doch nicht sein!!!«, »Was macht der denn hier?!?!«

Plötzlich hebt Elton John beschwörend seine linke Hand, streckt den Zeigefinger aus, bohrt ihn zuerst in sein rechtes Nasenloch, bemerkt den Irrtum und legt den Finger dann mit einem den Fauxpas überspielenden Lächeln auf seine Lippen. Ein Vollprofi eben.

Stille. Absolute Stille. Er dreht sich zu der Blaskapelle um und blinzelt den 5 Lustigen verschwörerisch zu.

»A one, a two, a one two three four …«

Und los geht die seltsamste und wunderschönste Version von »Candle in the wind«.

Goodbye England's rose;	DIE POSAUNE SETZT EIN.
may you ever grow in our hearts.	UND DIE TUBA AUCH.
You were the grace	DIE LEUTE BEGINNEN
that placed itself	ZU SCHUNKELN.

where lives were torn apart.	ELTON JOHN WIRFT DEN DUSCHVORHANG AB UND STEHT MIT NACKTEM OBERKÖRPER AUF DER BÜHNE.
You called out to our country, and you whispered to those in pain. Now you belong to heaven,	MENSCHEN SCHWENKEN FEUERZEUGE. NOCH MEHR MENSCHEN SCHWENKEN FEUERZEUGE. DIE, DIE DIE ERSTEN FEUERZEUGE GESCHWENKT HABEN, VERBRENNEN SICH LANGSAM IHRE HÄNDE.
and the stars spell out your name.	DIE ERSTEN TRÄNEN IN DEN AUGEN DER ZUHÖRER. URSACHE: TIEFE EMPATHIE MIT ELTON JOHN ODER BRANDBLASEN AN DEN FINGERN.
Tubasolo please!!	DER TUBABLÄSER TUBT BESTIMMT EINE MINUTE LANG.
And it seems to me you lived your life like a candle in the wind: never fading with the sunset when the rain set in.	FEUCHTE AUGEN. MEHR TRÄNENFEUCHTE AUGEN. LAUTES SCHLUCHZEN. DRAUSSEN BEGINNT ES ZU REGNEN.

Elton John wird vom Prasseln der Regentropfen auf das Kirmeszelt überrascht, sieht zur mit Plastik verkleideten Decke auf. Tränen kullern ihm über die Backen, ein Tropfen trifft ihn aus dem undichten Kirmeszelt mitten auf die Nase. Ergriffen singt er weiter ...

Urthe Markus

Der mit den zwei Hosenbeinen

Es gibt da einen alterslosen Mann
Der hat zwei Hosenbeine an
Eins lang und eines länger
Mit Pantoffeln darunter
Und darüber einem Hemd
Wie ein Segel im Wind
In der Wende
Es knattert
Dünne Seidenhärchen
Knittern Pergament
Lang im Gehwind stehn
Blaues Funkeln zwischen
Faltenfeldern
Die allerletzte
Krone blinkt
Täglich kreist er
Als ein angerupfter Hahn
Kichernd um den Block
Fischergasse
Schirmerstraße
Unkenstraße
Täubchenweg
An der Sparkasse
Gibt's die Laugenbrezel

Stefan Petermann

Die glücklichen Verlierer

Jemand sagt: »Gott liebt die glücklichen Verlierer.« Es ist die Stimme aus dem Radio, sie klingt nach Händen, die in weit ausholenden Gesten die Welt trösten. Ich drücke einen Knopf, leise surrt das Display und findet eine andere Welle.

Ich bin der Punkt, der am weitesten vom Horizont entfernt ist. Die Frontscheibe zeigt das Leben, wie es in zehnfacher Geschwindigkeit einer Abfahrt entgegenjagt. Es ist wie ein Kinofilm, in der Länge breiter als in der Höhe und mit Farben, die sich jeden Moment in entgegengesetzte Richtungen drehen können. Am Rand liegen gelbe Rapsfelder, auf denen Bauwagen stehen, welche Hotels anpreisen, die niemals jemand besuchen würde, weil man in dieser Gegend einfach nicht Halt macht. Auch ich will weg, ich spiele mit dem Gaspedal und drücke die Tachonadel über rote Zahlen hinweg. Der Wind bricht sich umso tobender an unserer kompakten Familienfahrzeugkarosserie, er schluckt die Töne der blubbernden Radiomusik weg.

Meine Frau wirft mir den gleichen Seitenblick zu, der seit Jahrzehnten vom gleichen Phlegma beherrscht wird. Er sollte mir sagen: »Muss das sein«. Man könnte behaupten, meine Frau und ich verstehen uns ohne Worte, man könnte auch behaupten, unser Interesse aneinander hat sich erschöpft, so dass wir jede notwendige Kommunikation auf ein Mindestmaß beschränken lernten.

Ich kenne einen Tag, an dem ich aufhörte, sie zu lieben. Sie saß in der Badewanne, bedeckt mit Schaum, es roch nach schwerem Moschus und sie bat mich, ihren Rücken mit einem Waschlappen zu säubern. Sie beugte sich nach vorne, ihr Körper tauchte aus dem Schaum auf und ich fühlte nichts als Ekel, dieser fette Körper, diese lederne Haut, diese versteckten Falten und keine Scham von ihrer Seite. Sie bot mir ihren Körper dar und fand ihre Hässlichkeit selbstverständlich. Ich schrubbte diesen Rücken mit ganzer Kraft, manchmal sagte sie, ich würde zu heftig aufdrücken, dann hielt ich inne und setzte den Lappen sachter an. Anmerken ließ ich mir nichts, ich ließ mir niemals etwas anmerken.

Wenn sie davon sprach, wie gerne sie mit Menschen zusammen war, die zwanzig Jahre älter als sie waren, wenn sie mir von ihrem Tag erzählte, der ebenso nichtig verlief wie meiner, sie aber ihr Leben an Details pinnte und stolz in der Küche aufhängte, als ob ein Pfund Gehacktes für zehn Cent weniger überhaupt den Schatten eines Gedanken wert war.

Ich nehme das Tempo zurück und ordne mich einer Fahrspur am Rande unter. Das Auto, welches wir fahren, straft uns mit der Mittelmäßigkeit des Lebens, das wir führen. Sonnenlicht springt mit der Wucht einer sorgsam geführten Faust in unsere Gesichter. Fast simultan reißen meine Frau und ich den Sonnenschutz nach unten. Nur unzureichend schirmt er uns vor der Sonne ab, die viel zu tief für unsere Blicke steht. Mit Widerwillen nehme ich hin, dass meine Frau und ich Tätigkeiten im gleichen Moment ausführen. Was wäre, wenn wir auch ähnlich aussähen, wenn jeder von uns seinen Betrag dafür geleistet hätte, dass wir uns in der Mitte treffen konnten, in all den Jahren die gleiche Frisur, das gleiche Blau der Jeans.

Gedankenverloren liegt eine Hand auf einem Schenkel, die nicht zum Körper der Hand gehört. Sie liegt da, regungslos, verkrampft, wahrscheinlich produziert sie Schweiß, der die graue Hose mit dunklen Flecken nässt. Die Freundin wird es anstandslos hinnehmen und sich entschuldigen, den Kopf senken, bis jemand sie anspricht, vielleicht ist es sogar mein Sohn, der niemals etwas fühlte, der genauso unbeteiligt das Flackern der kleinen Welt um ihn herum ignoriert. Sie wird seinen Namen annehmen, unter meinem Namen Kinder gebären, eine Schnittmenge der Gene von mir, meiner Frau, meines Sohns, ihr, ihrer Mutter, ihrem Vater und dem einen Prozent Hoffung, welches diese Kinder legitimieren wird. Sie wird nichts hinterfragen, wie meine Frau wird sie ihrem Mann scheinbar ergeben folgen, um später ein so genanntes eigenes Leben im wirklichen Leben zu errichten, die letzte aller Matroschkapuppen, so klein, dass nur sie sie bemerken kann. Wenn sie spricht, sagt sie unüberlegte Dinge, sie öffnet die Tür zu ihrem Denken einen Spaltbreit, sobald Licht hineinfällt, klappt sie den Mund zu, aus gutem Grund, auch wenn ihr der nicht bewusst ist. Sie ist die perfekte Partnerin für meinen Sohn, sie wird ihn noch apathischer zurück lassen in seinem Arbeitszimmer, vor einem flimmernden Computerbildschirm, auf dem er Daten von nicht greifbaren Orten zu anderen nicht greifbaren Orten schiebt, ebenso unbedeutend für den Rest der Welt wie er selbst. Wahrscheinlich ahnt er sein Schicksal, er sieht seinen Vater und er sieht sich selbst, ergibt sich, fügt sich, legt die Hand auf den Schenkel seiner Freundin und findet sie aus gegebenem Anlass der Jugend attraktiv.

Es wird sich ändern, mein Sohn, alles wird sich ändern, aber du wirst niemals einen Zeitpunkt finden, der *davor* heißen wird, du wirst niemals die Frage beantworten können, *Wie konnte das nur aus mir werden?*, weil in unseren Leben ein Undo nicht verfügbar ist.

Ich klappe den Sonnenschutz meiner Frau hoch, eine mechanische Geste, ohne jede Bedeutung, sie demonstriert nicht einmal Dominanz, nur Routine. Meine Frau kramt aus ihrer Handtasche, die sie niemals vor dem Antritt einer Fahrt in den Kofferraum legt, eine Packung Werthers Echte. Das Knistern der Tüte, die Farben der Bonbons, der Geschmack der Sahne verhallen als Echo verblichener Reklamen in unserem Familienauto, die Kinder lehnen ab, mich fragt meine Frau nicht, sie zuckt die Schulter und steckt ein Sahnebonbon in ihren Mund. Hilflos verschwindet es, sie lehnt sich zurück, zufrieden irgendwie, wir sind selbst schuld.

Über den Innenspiegel fängt meine Tochter meinen Blick auf. Er will mir etwas sagen, eine Beschwerde, wie in den meisten Fällen. Ihr Kopf zuckt leise auf dem Hals, aus den Ohren hängen zwei weiße dünne Kabel, die zum Mittelpunkt ihres Daseins führen, auf zwanzig Gigabyte gepresst. Sie ist niemals ohne, sie kann es nicht bezahlt haben von ihrem Geld, weil sie ihr Geld für Dinge ausgibt, die ihrem Körper schaden. Es ist ein junger Körper, ein Körper, der sich verkauft an Erfahrungen, die gemacht werden müssen. Nur indem ich schweige, provoziere ich keinen Widerstand. Sie hasst mich, wahrscheinlich noch mehr als ihre Mutter, weil die nur langweilig ist.

Es stört mich nicht, dass ich sie verlieren werde. Die Blicke aus ihren Augen sind falsch, durch meine Augenfarbe nimmt sie die Wirklichkeit wahr und macht sie böse. Sie nutzt Menschen aus, vorsätzlich und in der Mehrzahl Männer, sie lügt, nimmt, ohne zu geben und empfindet nur selten Dankbarkeit. Ich liebe sie, natürlich, sie ist meine Tochter, und sie ist als einziger Mensch in diesem Auto nicht aus dem gleichen Holz geschnitzt. Ich weiß, sobald sie achtzehn ist, wird sie verschwinden, ich werde sie zwanzig Jahre nicht sehen und uns beiden wird dies recht sein.

Stundenlang passieren wir Ausfahrt um Ausfahrt. Das Aussehen der Landschaft ändert sich nur behäbig, Pollen kleben an den Fenstern, manchmal Fliegen, die Scheibenwischer werfen sie unbewegt auf den Asphalt, winzige Momente, die sofort von unablässigen Rädern zermalmt werden. Schornsteine zerlegen den Himmel in Flächen, Seitenplanken rahmen die Straßen, wir sind die Bewegung, wir sind das unbekannte Element in dieser sinnlosen Geometrie, jeder wirkt mit, der Golf neben uns ebenso wie der romantisch verschlissene VW Bus mit den gebatikten Gardinen.

Vielleicht gebe ich morgen bekannt, dass ich meine Funktion verloren habe, dass mein Zweck zusammen mit meiner Arbeitsstelle wegrationalisiert ist. Ab dem ersten Tag des übernächsten Monates werde ich unsichtbar sein, vor mich hin fristen und gehorsam das Bedauern meiner Bekannten empfangen. Ich bekomme das Gnadenbrot, zwanzig Jahre zu früh, ich werde mich melden müssen auf Ämtern, die mit Glasfassaden protzen, Rechenschaft ablegen vor Menschen, die niemals Demut fühlen werden, ich werde in lange Tage hineindämmern und mir Hobbys suchen, um mir den Hauch einer Persönlichkeit zu erhalten. Niemand kann ein Leben lang Sicherheit erwarten, das ist schon klar, aber ich könnte noch vierzig Jahre weiterleben. Wie soll das gehen, ohne täglichen Arbeitsweg, ohne die tägliche 9 Uhr Pause, ohne die täglichen Ungereimtheiten. Wozu brauche ich noch meine gebügelten Hemden, wenn ich sie nur noch auf Feiern wie heute tragen werde? Es ergibt keinen Sinn, mein Nachdenken darüber lässt kleine Feuerbälle in meinem Kopf platzen.

Ein Opel schert scharf vor mir aus, hektisch steige ich auf die Bremsen und hupe in einem kurzen Ausbruch echter Gefühle. Meine Frau schaut mich an, wieder »Muss das sein«, mein Sohn zieht verwirrt die Hand vom Freundinnenschenkel und auch meine Tochter stockt kurz in einem Kopfschütteln. Einen Moment schöpfe ich Hoffnung. Sie sind fähig? Ich warte. Dann fallen sie zurück in einen Kälteschlaf, aus dem sie vermutlich nie erwachen werden. Ich atme Luft, mein Kopf ist oberhalb der Wasseroberfläche, meine Augen blinzeln und gierige Tropfen brennen in ihnen. *Das bin ich*, sag ich mir, das sind die Menschen, die ich liebe und ich kann ihnen, ab dem ersten Tag des übernächsten Monats, nichts weiter mehr geben als meine Liebe.

»Gott liebt die glücklichen Verlierer«, sagt die Stimme in meinem Kopf, während die Hände in meinen Brustkorb greifen und langsam meine Lungen festzurren. Sie wird lauter, sie brüllt in den leeren Raum hinein und ihr Klang zwingt mich in eine Ecke. Einer der letzten Blicke gehört der Rückbank, meinem Sohn, der mein Ebenbild ist, seiner dumpfen Freundin, meiner zuckenden Tochter, meiner Frau, die ansatzweise nach dem nächsten Sahnebonbon greift und im Kopf schon die Themen wälzt, die heute unbedingt im Kreise der Bekannten angesprochen werden müssen. Ich sehe den Horizont und mich im Vergleich dazu, sehe die Welt in Quadrate aufgeteilt, in einer Ordnung, aus der ich schon längst hinauskatapultiert bin. Sorgsam setze ich den Blinker. Das Familienfahrzeug schiebt sich auf die linke Spur, ordnet sich an der Spitze ein. Vor uns, vor mir eine lange Gerade, sie lädt ein zur Beschleunigung. Ich drücke das Gas, die Nadel spielt verrückt, als ich den Druck verstärke. Im Inneren der Karosserie keine Reaktion, nur der Wind pfeift stärker, er rüttelt an unserer kleinen Zelle, verzweifelt, aber längst vergebens. Ich denke an meine Familie. Ich habe sie erschaffen, also kann ich sie auch zerstören. Die lange Gerade krümmt sich, das Metall der Seitenplanken blitzt in der Sonne auf. Meine Hand greift nach dem Lenkrad, hält den Kurs, die Räder beißen sich im Asphalt fest, folgsam und brav und Gott wird mich lieben müssen, denke ich, als der Aufprall uns in Stücke reißt.

Jan Rieckmann

Glasgefängnis

Aber zu Hause war niemand, der mich verstanden hat!, lautete die letzte Zeile des Gedichts, das Norbert auf dem Schreibtisch seines Sohnes gefunden hatte. Diskret schob er es unter den Spiralblock. Seine Frau Birgit sollte sich nicht schon wieder aufregen, nicht wieder über die abgründige Bedeutung von Wörtern wie *Erinnerungsschlieren* oder *Wirbelträume* spekulieren, um die Leiden ihres Sohnes doch nicht zu verstehen.

»Wir hätten nicht wegfahren sollen«, sagte Birgit. Ihr nebelweißer Atem verflüchtigte sich, denn die Kälte war durch die offenen Fenster hereingedrungen. Vor drei Wochen waren die Eltern vor dem schneeflockentaumelnden Wetter nach Spanien geflohen. Norbert hatte die Worte seiner Frau schon vorausgeahnt, wusste, dass sie ihm gleich vorhalten würde, dass Dr. Weingärtner ihnen davon abgeraten hatte, ihren Sohn Pierre so lange allein in einem so reizarmen Zimmer zu lassen. Als sie zu reden ansetzte, versuchte Norbert nicht wütend zu werden. Trotzdem wurde er laut: »Wir waren gerade zwei Wochen im Urlaub. Ich kann doch nicht mein ganzes Leben nach der Störungskarriere unseres Sohnes einrichten. Der ist doch schon so durchgeknallt, dass er seine ganzen Fische verrecken lässt.«

Norbert legte seine breite, schorfige Hand auf den Rand des zwei Meter langen Aquariums in der Mitte des Raums. Wenn jemand kleine Holzkreuze für jeden der toten Zebrafische angebracht hätte, die in der Eisschicht festgefroren waren, wäre es dem Modell eines winterlichen Friedhofs sehr nahe gekommen. Darunter war vor Algen kaum etwas zu erkennen. Die Pumpe, das Plastikherz des Aquariums, funktionierte nicht mehr. Neben den Füßen des Vaters lagen zwei leere 500 Milliliter Flaschen Tropica-Pflanzendünger auf dem Linoleumfußboden.

»Und was ist, wenn er dich jetzt hört«, fragte die Mutter.

»Glaubst du etwa, dass er sich auf dem Klo versteckt? Lass uns gehen. Ich hole mir bei der Kälte noch den Tod.«
»Bestimmt kommt er bald wieder. Die Anlage ist doch noch an.« Rachmaninoff klang leise im Hintergrund »Bitte versprich mir, dass du ihn nicht gleich wieder anschreist.«
»Mit deiner Überfürsorge nimmst du ihm noch alle Luft zum Atmen!«
Bevor ihr Mann fortfahren konnte, sagte sie, dass es wohl besser sei, sich auf den Weg zu machen. Birgit wollte sich nicht die Wartezeit mit seinen Vorwürfen verkürzen, aber Norbert musste jetzt seiner Wut Luft machen, antwortete ihr: »Damit wir im Treppenhaus nicht darüber reden können, nicht im Auto, weil du dich auf den Verkehr konzentrieren musst, nicht zu Hause, weil du wieder ganz dringend mit Renate telefonieren musst. Und danach bist du so müde, als würde ich Sex von dir verlangen. Bald bekommst du noch panische Angst, Pierre könne an Verstopfung ersticken.«
Birgit krampfte ihre Hand hinter dem Rücken zur Faust, atmete langsam, ganz langsam und tief, sammelte Kraft. Wie Pierre es viele Stunden täglich getan hatte, starrte sie in das Aquarium – nur viel oberflächlicher. Es war ein Geschenk gewesen, um ihn aufzuheitern. Auf dem Schreibtisch stand ein eingerahmtes Foto: Pierre im Alter von neunzehn Jahren mit seinem neuen Aquarium. Ein halbes Jahr später war auf der einen Seite ein Leuchtbalken ausgefallen und Pierre verglich sich von da an immer mit den Fischen, die schattenwärts schwammen. Wenn sie umkehrten, konnte er keine Gemeinsamkeit mehr mit ihnen finden. Birgit kam einen Schritt näher ans Aquarium; stockte, bevor sie sich überwand, zu sprechen:
»Du hast doch unseren Sohn krank gemacht. Er hat sich wegen dir ...«
Norbert unterbrach sie: »Das hört sich ganz nach dem Geschwätz von deinem tollen Herrn Doktor Wein an.«
Birgit fuhr ihm ins Wort: »Ich halte dein dummes Gerede nicht mehr aus. Kannst du nicht aufhören, ständig andere zu beschuldigen? Mit deinen Anforderungen hast du Pierre ständig unterdrückt.« Ihre Stimme zitterte. »Ist dir nicht

einmal in den Sinn gekommen, dass er sich vor dir hinter seiner Krankheit versteckt hat?«

Norbert antwortete nicht. Sonst hatte er immer das letzte Wort. Birgit wollte ihn anstarren, wie sie es aus Filmen kannte. Sie beugte sich über das Aquarium, stützte sich auf der Seitenwand ab. Glas brach, zerschnitt der nach vorne fallenden Mutter den Arm. Eine lange Scherbe zerteilte ihre Wange, noch bevor sie sich auf dem Aquarienkies abstützen konnte. Siebenhundert Liter angegrüntes Wasser drängten sie zurück. Noch fühlte sie den Schmerz nicht. Teilnahmslos beobachtete sie, wie Blut aus ihr hervorpulste. Norbert wollte erst seinen teuren Mantel ausziehen, um es einzudämmen, entschied sich anders, lief ins Bad, rutschte fast auf dem Algenfilm aus, der sich auf dem Fußboden gebildet hatte.

»Bleib ganz ruhig. Ich hol was zum Verbinden«, brachte er aufgeregt über seine spröden Lippen. Er bemerkte beim Öffnen der Badezimmertür nicht, dass er sein eigenes Blut auf der Klinke verschmierte. Sein Blick glitt auf Kopfhöhe die Badezimmerwände entlang. Hier musste doch etwas zu finden sein. Aus den Augenwinkeln erkannte er, dass jemand in der Badewanne lag. Er drehte den Kopf, um sich zu vergewissern. Es war tatsächlich sein Sohn. Pierres Schädel lag auf seiner Schulter, dass es beinahe aussah, als sei sein Genick gebrochen. Die langen, schwarzen Haare hatten im Wasser geschwebt, bis sie von der Eisschicht fixiert wurden. *Wie eingefrorene Wasserpflanzen*, dachte Norbert, um sich vom Gedanken abzulenken, dass sein Sohn nie mehr atmen würde.

Christian Schulteisz

Alltagschiffrierung

Wir denken 08/15
Klagen 24/7
Wer soll uns noch helfen?
110?
112?
11 88 0?
Gib mir Auskunft über mein Leben
Wie war die Nummer des Pizzakuriers?
Ich werde nicht satt
1 bis 999
In der Glotze nur Schrott
Von wegen fernsehen
Vielleicht 5 Meter
Mehr nicht
Der Raum stickig
Das Bild modrig
Die Augen glasig
20:15 und der Verstand hockt trüb im Staub
Einfach in den Leerlauf geschaltet vor der Scheibe
Matt
Ist das etwa Schach?
Ach, nicht im Entferntesten

Dunkelkammer

kein Raum für Zeit
drum steck ich sie
deshalb
in eine Kammer rein

um Platz zu sparn
um fort zu fahrn
um mich zu lösen
allemal
vom Augenblick
der alles stahl
was von Momenten
übrig war

jetzt tickts nur noch im Dunkeln
jetzt dunkelt es die Stunden

und mir vergeht der Sinn

Kristina Stanczewski

Nachtfrost

Aus den fünf Pappeln am Hang waren drei geworden und überhaupt, fand Judith, sah der Rodelberg flach aus. Der Weg am Fuß des Hügels war geteert worden, wegen der neuen Siedlung links hinten. Das Schild hoch über dem ersten Zaun verkündete in abblätterndem Blau nach wie vor *Kleingartenanlage Friedenseck*. Judith hauchte dem Schriftzug von unten eine Wolke entgegen. »Wir hätten Tee mitnehmen sollen.«

»Noch gibt's Wasser, und Teebeutel finden wir auch irgendwo.« Spaak hatte den Kopf zwischen die Schultern geschoben. Es war viel zu zeitig kalt geworden.

Am Laternenpfahl vor ihrem Garten hing etwas. Judith ging schneller, blieb stehen, las. *Verbrennen von unbelastetem Baum- und Strauchabschnitt. Das Landratsamt hat für den Zeitraum vom 27. Oktober bis 9. November gestattet, Baum- und Strauchabschnitt zu verbrennen, sofern dieser nicht belastet ist.* Stempel und Unterschrift, Judith grinste. Darunter hing ein zweiter Zettel, handgeschrieben. *Am 25. Oktober wird das Wasser abgedreht. Gleichzeitig wird der Verbrauch abgelesen. Beginn 8.00 Uhr.* »Sie schlagen es noch immer hier an.«

»Seit ein paar Jahren stecken sie's in Klarsichtfolie, da kann man's auch nach dem Regen noch lesen.« Spaak schüttelte den Schlüsselbund, als würde der richtige Schlüssel dadurch nach vorne wandern. Als er das Gatter aufstieß, klang es wie das Keckern einer Elster. Früher hatte Judith hier oft Verstecken gespielt, mit anderen Kindern aus der Anlage. Ihr Garten war ein beliebter Treffpunkt gewesen, weil man nicht schummeln konnte. Das Knarren des Tores verriet jeden, der sich außerhalb des Spielfeldes verstecken wollte.

»Hagebutten!« Judith blieb unter dem Rankbogen stehen und prüfte die Früchte. Orange und hart schmeckten sie vor allem nach Gras. Die Haare um die Samenkörner waren derb und zahlreich. Judith spuckte und verzog das Gesicht. »Wenig Fleisch, aber Juckpulver geben die gutes.«

Spaak hatte schon Laube und Geräteschuppen aufgeschlossen, er drehte sich um und deutete mit dem Kinn Richtung Eingang. »Die Rose auf der rechten Seite ist im letzen Winter ausgewildert. Sie blüht jetzt weiß und kleiner. Ich muss mal eine neue setzen. Die Stöcke sind ja noch vom Opa damals, ist alles überaltert.«

In der Laube war es eng, überall Gartenmöbel und Stiegen voller Äpfel. Die eisenbeschlagene Bank lehnte hochkant an der Wand, direkt neben der Tür. Spaak warf seine Sachen darüber und nahm die Arbeitshose und den alten Anorak vom Haken. Stiefel standen im Schuppen. Judith fand nichts Passendes zum Umziehen, was im Regal lag, waren Kindergrößen. »Dann nimm doch meine Wattesachen von der Kampfgruppe, es ist wirklich kalt heute Morgen.«

Judith krempelte Ärmel und Hosenbeine um und zog den Gürtel fest.

»Brüder, zur Sonne, zur Freiheit. Auf zum Kartoffellesen.« Sie freute sich auf die Arbeit.

Schuhe waren überraschend leicht zu finden, es gab da diese braunen Stiefeletten vom ersten Winter nach der Wende. Die linke Sohle löste sich und rechts ersetzte Strick die Schnürsenkel. Die Schlappen waren völlig ausgetreten, aber mitgewachsen.

Als Judith aus dem Schuppen trat, stand Spaak auf dem Kartoffelbeet und redete mit Jakobitz zwei Gärten weiter. »Am Donnerstag waren die noch. Deine liegen ja auch alle unten.«

»Dahlien vertragen halt nichts.«

Judith ging um die Laube herum. Die Wassertonnen waren zugefroren, alle drei. Sie drückte das Eis in der ersten Tonne nach unten, schmatzend quoll das Regenwasser unter dem Rand hervor; einen halben Zentimeter dick, schätzte Judith, krempelte den rechten Ärmel weiter hoch und zertrümmerte das Eis mit einem Faustschlag. Sie steckte die nasse Hand in die Jackentasche und dirigierte mit der anderen mit spitzem Finger Eisschollen durchs Wasser. Sie musste reden mit Spaak, also würde sie ihm bei der Gartenarbeit helfen. Manche Dinge änderten sich nie.

Die Männer unterhielten sich noch immer über Dahlien. Wieder Jakobitz. »Ich will meine rausmachen heute. Im letzten Jahr habe ich zu lange gewartet und die Knollen dann nicht mehr über den Winter gebracht. Allerdings war das weit im November.«

»Wir wollen heute erst mal die Kartoffeln machen. Ist ja nicht viel dieses Jahr.«

»Die Tochter ist wohl gerade zu Besuch? Unser Großer ist jetzt in Madrid, vom Studium aus, den sehen wir erst Weihnachten wieder. Früher war das ja alles nicht möglich.«

Judith musste nicht hinschauen, als Spaak antwortete, sie kannte den Tonfall und das Nicken, das mehr ein Wiegen war. »Ist schon besser heute in der Beziehung.«

Judith hieb auf das Eis in der nächsten Tonne ein, es war dünner dort und Wasser spritzte hoch. Spaak wandte sich ihr zu. »Komm weg da, das Wasser ist doch viel zu kalt.« Er rief Jakobitz einen Gruß zu und verschwand im Schuppen. Als er wenig später um die Ecke bog, zerschlug Judith gerade das Eis im letzten Fass. »Was machst du denn da nur?«

»Ich beobachte das Eis und höre dir und Jakobitz zu.«

»Das hast du als Kind schon gemacht, das Eis in den Regentonnen zertrümmert und zugeschaut, wie es schwimmt.«

Judith fuhr weiter ihre Eisschiffe spazieren, schaute Spaak nicht an. »Die regelmäßige Struktur der Kristalle benötigt mehr Raum als in flüssigem Wasser. Deshalb hat Eis eine geringere Dichte und schwimmt. Am kompaktesten ist Wasser bei vier Grad Celsius. Es sinkt im Teich nach unten und Fische können in Bodennähe überleben.«

Spaak wiegte seinen Kopf. Er hatte einen Stapel Eimer im Arm und hielt Judith den Spaten hin. Judith nahm die Eimer. »Weißt du noch, wie du mir zu Weihnachten die Praktika geschenkt hast? In jenen Ferien damals habe ich zehn Filme geknipst. Es lag sogar Schnee. Mein bestes Bild war das mit der Ente.«

»Der erfrorenen.« Spaak trug den Spaten wie eine Fackel.

»Ich habe sie im Großen Teich gefunden, hinten an der Märchenwiese. Sie lag auf der Seite und steckte halb im Eis. Es war ein Männchen, das Grün schillerte in der Nachmittagssonne. Der Schnee flammte schon rosa. Auf dem Foto sieht man das kaum, aber ich weiß es noch. Es war wunderbar still.«

Auf dem Beet teilten sie die Arbeit. Spaak grub und Judith las. Die obere Schicht Erde brach in Schollen unter dem Spaten. Wo es am Wegrand keine Beeteinfassung gab, waren sie besonders fest. Spaak warf einen Batzen in den bereits ausgehobenen Graben. »Alles gefroren, das hätte ich nicht gedacht. Hoffentlich sind die Kartoffeln noch nicht süß geworden. Das wäre was.«

Judith sammelte Kartoffeln in die Eimer, wartete. Hier draußen waren alle Momente gleich. Deswegen war sie hergekommen. Sie würde es sagen, wenn sie mit Graben an der Reihe war. Nach zwei Dämmen wechselten sie.

Judith hob weniger Erde aus mit einem Stich, sie kamen langsamer voran. Manchmal grub sie zu schräg und hackte die Kartoffeln mitten durch. Diese kamen dann in einen separaten Eimer, für Pellkartoffeln zum Abendbrot, zusammen mit den winzigen. Nach einem halben Damm grub sie nicht weiter. Jetzt. »Ich nehm Tabletten jetzt, und Therapie mach ich auch.« Sie wartete, stocherte in der Erde, schaute Spaak auch diesmal nicht an.

»Die Mutti hat's erzählt. Wenn's hilft. Dünn bist du geworden.« Judith wartete und Spaak wartete, dann sagte er: »Stich mal weiter vorne ab, die sind sehr weit aus den Dämmen gewandert diesmal.«

Judith grub und Spaak las und diesem Rhythmus gab es nichts hinzuzufügen. Für die zwei letzten Dämme wechselten sie wieder. Am Ende hatten sie fünf Eimer Kartoffeln, es war wirklich nicht viel in diesem Jahr.

Judith streckte sich und schaute in die Sonne. Sie wollte noch bleiben.

»Los komm, wir machen die Dahlien auch noch raus, die sind eh Matsch nach dem Frost. Und die Gladiolen gleich mit, wo wir schon hier sind.«

Spaak wiegte wieder seinen Kopf. »Du hast Recht, wer weiß, wie kalt es die Nacht wird.«

Simone Unger

Schlafgeselle

Lange Zeit bin ich früh schlafen gegangen. So früh, dass es schon wieder hell wurde und auf der Straße die ersten Leute wieder zur Arbeit gingen. Die meisten von ihnen kannte ich und im Vorübergehen nickten wir uns zu.

Karl kam mir erst entgegen, als ich schon in unserer Straße war. Er war spät dran und grüßte hastig, drehte sich aber noch einmal um und rief mir zu: »Vergiss nicht, dich zu waschen.«

Noch im Nicken schloss ich die Haustür auf und stieg hinab zu ihrem Zimmer.

Margitta war morgens immer noch da, wenn ich kam. Sie machte das Wasser heiß, legte mir mein Handtuch und das Stück Seife daneben. Manchmal, wenn sie noch Zeit hatte, schrubbte sie mir den Rücken, bis die Haut brannte. Dann ging auch sie und ich blieb allein zurück, legte mich in das Bett und es war noch warm.

Während der ganzen Zeit, die ich bei Karl und Margitta wohnte, haben wir kaum miteinander gesprochen. Nur beim Abendbrot waren wir zusammen. Wir aßen schnell, weil ich wieder in die Fabrik musste und Karl sich das Schlingen nicht mehr abgewöhnen konnte. Margitta saß am unteren Ende des Tisches und knetete ihre Finger.

Da sagte er zu mir: »Nie wäschst du dich, wenn du von der Schicht kommst. Das ganze Bett stinkt nach dir – stimmt's, Margitta?« Und Margitta schaute kurz auf, dann senkte sie den Kopf wieder und nickte mit ihrem geraden Mittelscheitel.

Texte der Preisträger

Autorenwerkstatt

Heike Becker

Wie im Fernsehen

Als ich fünf Jahre alt war, war mein Vater in der örtlichen Bäckerei beschäftigt. Er stand um vier Uhr auf, duschte, frühstückte und hinterließ im Schnitt einmal die Woche einen Zettel auf dem Küchentisch, auf dem in seiner fürchterlichsten Halbschlafsauklaue notiert war, was er gerne zu Abend essen würde. Und außerdem, dass er uns lieb hatte, mich und Mama. Unten rechts in der Ecke war stets eine vollkommen belanglose Zeichnung, mal ein Hut, eine Insel, ein Donald Duck oder was ihm sonst im morgendlichen Tran einfiel. Ich konnte zwar nicht lesen, wusste aber sehr wohl, dass diese Zettel über unser Abendessen entschieden, und weil Papa Rosenkohl, Brokkoli und Eintöpfe genauso verabscheute wie ich, war so ein Wisch bei mir nicht nur wegen der meine Neugier erweckenden Zeichnungen beliebt. Mama war zu der Zeit mit Hannes schwanger. Sie war ziemlich aufgebläht, hatte Wasser in den Beinen und neigte zu Pickeln und Selbstgesprächen. Außerdem war sie häufig launisch, weil sie ständig aufs Klo musste. Unsere Eigentumswohnung war noch recht neu und, da das Geld verbraucht war, leider auch ziemlich kahl. Ich will nicht sagen, dass es dort echote, aber irgendwie klang unser Wohnzimmer so hohl im Gegensatz zu denen meiner Freundinnen.
Wie zum Beispiel das von Teresa Huber, ihre Mutter rief sie Resi. Sie war genauso alt wie ich, hatte einen Vater bei der Bank, von dem sie sagte, dass er einen Schreibtisch aus teurem Holz besäße. Frau Huber war hübsch und ganz blond und sie war auch nie launisch. Stattdessen brachte sie Teresa und mir, wenn ich zu Besuch zum Spielen kam, auf einem Tablett Schnuckzeug und Kakao. Und dann saß ich mit Teresa zwischen ihrem Barbietraumhaus, dem Wohnmobil, den zwei rosa Pferden und dem Jeep auf dem Teppichboden neben dem Schreibtisch, auf dem der Computer stand, mit dem man Mensch-ärgere-dich-nicht spielen und rechnen lernen konnte und lutschte zwei Nimm Zwei. Und

ich dachte, wie gern ich an Teresas Stelle wäre. Wie gern hätte ich in dem großen, weißen Haus gewohnt, jeden Tag Nesquik geblubbert und abends hätte meine wunderschöne Mutter mir mein langes Haar gebürstet und geflochten, bevor ich die Gutenachtgeschichten von Benjamin Blümchen aus dem Kassettenrekorder gehört hätte. Aber ich hieß nun mal Grit und hatte einen mausigen Bubikopf, weil der so schön praktisch für ein Kind wie mich war, das man förmlich ins Bad prügeln musste. Und so dachte ich, Resi sei viel glücklicher als ich, denn ich wusste nicht, dass sie Benjamin Blümchen hörte, weil ihre Mutter den Anfang vom Spielfilm nicht verpassen wollte und ihr Vater nach der harten Arbeit schließlich auch mal Zeit für sich brauchte. Von jeder Geschäftsreise brachte Herr Huber seiner Resi Zubehör für die Barbies mit, damit sie weiter so schön spielen konnte und seine Frau weder beim nachmittagfüllenden Telefonieren noch bei der Aerobic vor dem Fernseher störte, die gar nicht nötig gewesen wäre, wäre Frau Hubers Körper nicht durch die Schwangerschaft so aus dem Ruder gelaufen.

Mit zehn Jahren kam ein neuer Junge zu mir in die Klasse. Er war durchschnittlich groß, durchschnittlich hässlich oder hübsch, durchschnittlich nett und witzig und er war absolut überdurchschnittlich intelligent. Ich war schwer beeindruckt von ihm, der nur Einsen schrieb, virtuos Klavier spielte, seine Taschengelderhöhung in Prozent ausdrücken konnte und der wusste, was »präventiv« bedeutete. Ich hatte schon Probleme damit gehabt zu begreifen, wie man schriftlich und mit Rest dividierte, und ich konnte wie die meisten nur Blockflöte spielen und selbst dabei musste man mich ständig ermahnen, die Löcher richtig zuzumachen und das Mundstück weder anzukauen noch voll zu sabbern. Das war keine Absicht, ich war nur schlicht unmusikalisch und feinmotorisch ein Versager – laut meinem Musiklehrer angesichts meiner Bemühungen mit dem Xylophon. Hinterher tat es ihm natürlich Leid. Marvin, das Genie, konnte sogar malen, weil er mittwochs und freitags in die Malschule für Kinder unter dreizehn ging, gleich nach der Klavierstunde und vor der Kreativförderung, wo er Farbwasserbomben warf und seine Gefühle veräußerlichte, wie er sagte. Aber eigentlich ging er nur hin, weil seine Eltern sagten, er brauche etwas, wo er mal ganz er selbst sein könnte. Er war außerdem ein Jahr jünger als ich und ich habe meine Eltern belauscht, wie sie darüber diskutiert haben, ob sie Hannes nicht auch mit fünf einschulen lassen sollten wie Marvin, bei mir war der Zug abgefahren, aber das wäre sowieso nichts gewesen. Ich hätte ja mit zwei noch keine Dreiwortsätze gekonnt. Hannes schon.

Am Abend dieses Tages habe ich Hannes auf den Kopf gehauen, damit er so dumm bleibt wie ich, habe mich fürchterlich geschämt, schließlich mit ihm in einem Bett geschlafen und mir gewünscht, ich wäre Marvin, der so klug war, dass seine Eltern gar nicht wussten, wie sie all die Förderungen seines beeindruckenden Genies in den Terminplan einer Woche stecken konnten. Ich wollte sein wie er, meine Eltern sollten vor Stolz platzen und sagen: »Das da drüben, der kleine Künstler, das ist unsere Tochter. Unsere Tochter ist das.« Marvin hatte es so, so gut. Er war schon richtig erwachsen, dass er nur noch Schach mit seinem Vater spielte. Seinen kleinen Bruder würde er bestimmt auch nicht hauen. Selbst wenn er einen gehabt hätte.

Mit fünfzehn hatte ich das Pickeldesaster meiner Mutter geerbt, Hannes verspottete mich als dicke Dampfnudel, ich hatte eine Zahnspange und war verliebt in Felix Roth aus der Parallelklasse, welcher aber nur Augen für Lara hatte. Sie allerdings war so schön, dass sie sogar den Halbgott Felix verschmähen konnte und sich einen Freund aus der Oberstufe mit Auto angelte. Vielleicht angelte auch eher er sie. Ich dagegen hatte keinen Freund und musste mich dafür der Avancen meines Kindergarten- und Fußballkumpels Jan erwehren, der der Meinung war, dass wir beide das absolute Dreamteam wären. Das hätte er schon immer gewusst. Mir kamen dabei Erinnerungen an Versteckenspielen im hohen Gras kurz vor dem Heumachen, wo er zu mir gesagt hatte, dass er mich mal heiraten werde, ich sei nicht so doof wie die anderen Mädchen. Gerade das wollte ich aber sein: ein richtiges Mädchen. Deswegen kleisterte ich mir die Pickel und damit auch die restlichen klaren Poren mit Make-up zu, zwängte mir Tops mit der Glitzeraufschrift *Zicke* über die

Busenansätze und färbte die Überreste meines durch Langzüchtung ganz fransig gewordenen Bubikopfes Kate-Winslet-Rot, damit ich so aussah wie sie als Rose in Titanic. So versuchte ich Eindruck bei Felix zu schinden, indem ich mir noch die passenden Sprüche aneignete, wofür ich zu Hause vom gemeinsamen Abendessen ausgeschlossen wurde.

Auch wenn Hannes übertrieb und ich nicht dicker und pickliger war als die durchschnittliche pubertierende Göre und auch das Farbempfinden im Alter zwischen zwölf und sechzehn nicht nur bei mir, sondern allgemein meist verschollen zu sein schien, so fand ich mich dennoch einfach nur hässlich. Vor allem wenn Lara, dieses Miststück, schon wieder mit ihrem Oberstufenhengst über den Hof stolzierte und ihr String einen Kilometer weit über ihrer Hüfthose saß. Sie war für mich der Inbegriff schlanker Schönheit, für die ich sie trotz inbrünstigen Hasses heimlich bewunderte. Dann brachte sie den Spruch darüber, dass sie sich eben zu beherrschen wisse, dass man halt was für sein Aussehen tun und auf sich achten müsse. Und sie sagte das so, dass klar war, dass sie sich sicher war, dass alle anderen bei diesem Bemühen jämmerlich versagen würden. Oh doch, die dumme Schlampe wusste genau, dass sie das Idol des halben Jahrgangs war und ihre schöne Arroganz ihr Macht über die Weibercliquen und über das männliche Schoßhirn verlieh. Ich wünschte, sie müsste mit mir tauschen.

Als ich achtzehn war, hatte ich meine Pickel gegen mein Farbempfinden zurückgetauscht. Bei Teresa stieg *Die Party*, ihre Erzeuger waren weg im Karibikbräunungsurlaub, dafür waren wir alle da, Alkohol gab es so viel, dass er bei gerechter Verteilung gereicht hätte, um uns alle ins Grab oder zumindest ins Koma zu schicken. Die Toilette, auf der Lara sich gerade die Seele aus dem Leib kotzte, hatte vorher untrüglich nach Gras gerochen, es war drei Uhr früh und ich hing zusammen mit anderen Schnapsleichen vor dem Flachbildschirm des huberschen Heimkinos, in dessen Videorekorder meine beste Freundin Janina eine Kassette aus Teresas GZSZ-Sammlung geschoben hatte.

»Ergötzen wir uns an den Krämpfen anderer«, nölte sie alkoholisch und schob mir die Chipstüte zu. Ich griff hinein.

Schließlich betrachtete ich meine Diät als beendet, nachdem vor zwei Stunden mein Freund mit mir Schluss gemacht hatte. Für wen sollte ich denn bitte schön sein? Wenn, dann für mich – und mein Magen fand Chips ungeheuer schön.

»Himmel, diese Pseudoschauspieler«, sagte Marvin, der die obligatorische Intelligenzbestienbrille auf der Nase trug, die ganz verrutscht war, weil er sich den Schädel hielt. Im Glas auf dem Tisch sprudelte sein drittes Aspirin. Auf dem Bildschirm stritten sich Cora und Leon, weil Antonia, Coras Kind mit Niko – nicht Leon –, krank war und die zwei nun Stress hatten. Ich mampfte. Soaps hatte ich nie leiden können, aber jetzt in meinen Trennungskummer war es, wie Janina prophezeit hatte, eine Wohltat mit anzusehen, dass diese Leute da auch Probleme hatten. Eigentlich wurde jedes mögliche Problem irgendwie abgedeckt, so richtig unecht.

Keiner hat echte Problem, dachte ich, nur ich, ich bin eine arme Sau. Dann sah ich mich im Raum um …

Katrin Diel

Der Bildschirmschoner

Sie starrte auf den Computerbildschirm. Es waren fünf Minuten vergangen, seit er das letzte Mal etwas in die Tastatur eingegeben oder die Maus bewegt hatte. Der Bildschirmschoner erschien.

In rasender Geschwindigkeit bildeten die Rohre ein kompliziertes Labyrinth, verschlangen sich ineinander, für das bloße menschliche Auge nicht nachvollziehbar. Und wenn das Labyrinth fast den ganzen Bildschirm bedeckte und kaum noch der schwarze Hintergrund zu sehen war, begann das Ganze von neuem.

Sie starrte und starrte und konnte ihren Blick nicht abwenden, obwohl das Bild sie wahnsinnig machte.

Monotonie. Nichts schien ihr die Monotonie des Lebens stärker zu verdeutlichen als dieser Bildschirmschoner. Immer wieder verfolgte ihr Blick die Rohre in ihren Bahnen, wie sie ihr immer gleiches Labyrinth aufbauten, ihr immer gleiches Muster bildeten. Vielleicht war es nicht immer gleich, aber für sie war kein Unterschied erkennbar.

Sie hasste den Bildschirmschoner. Trotzdem saß sie immer wieder davor und starrte und kam nicht auf die Idee, ihn zu bitten, das Motiv zu ändern, so wie er nicht darauf kam, dass es sie wahnsinnig machte oder dass er es ändern könnte. Dabei war sie sicher, dass er genauso darunter litt.

Er lag auf dem Bett. Gleich würde er einschlafen. Er war immer müde, und sobald er auf dem Bett lag, schlief er ein.

Monotonie.

Ihre Gedanken wanderten. Wanderten umher wie die Rohre auf dem Bildschirm, wanderten in alle Richtungen, ohne erkennbaren Sinn, ohne Ziel. Sie sah ihn auf dem Bett liegen und blieb an einem Gedanken hängen. Es war ein willkürlicher Gedanke, der einfach so auftauchte, ohne dass sie darum gebeten hatte, ohne dass sie sich daran erinnern wollte.

Sie sah sich selbst auf dem Bett liegen. Es war ein anderes

Bett in einem anderen Raum, und es war auch nicht er, mit dem sie dort war.

Es war jemand, den sie zu einer anderen Zeit gekannt hatte. Mit dem sie dort auf diesem anderen Bett lag, in diesem anderen Raum. Sie war nackt und er lag auf ihr. Sie fühlte nichts. Das war das Einzige, woran sie sich genau erinnerte. Dass sie nichts fühlte. Sie wusste nicht mehr, wie er aussah, wo er sie angefasst hatte, ob sein Stöhnen laut gewesen war. Sehr vage erinnerte sie sich an seine monotonen Bewegungen.

Es war kein einschneidendes Erlebnis, und doch schien es ihr der Ursprung von allem zu sein. Der Grund dafür, warum sie heute hier saß, auch wenn sie eigentlich keine Verbindung erkennen konnte.

Ihn aus diesem anderen Raum hatte sie nicht wieder gesehen, hatte nie wieder mit ihm auf diesem anderen Bett gelegen. Sie war seinen monotonen Bewegungen entkommen, aber nicht dem Gefühl – dem Gefühl, nichts zu fühlen.

Stattdessen war sie in einem anderen Zimmer gelandet, in diesem Zimmer, dem Zimmer mit dem Bildschirmschoner. Und wie sollte sie hier etwas fühlen, solange er auf dem Bett lag und einschlief, während sie auf dem Stuhl saß und auf den Computer starrte?

Monotonie.

Aber keine Enttäuschung, sondern Hoffnung. Denn vielleicht kam er doch auf die Idee, eines Abends aufzuwachen oder das Motiv seines Bildschirmschoners zu ändern. Es war ein konstanter Zustand der Möglichkeiten. Alle Gefühle des Lebens warteten auf sie. Während sie darauf wartete, dass etwas passierte.

Deshalb saß sie auch am nächsten Abend wieder dort.

»Ich muss dir was zeigen. Ich hab einen neuen Bildschirmschoner seit heute«, verkündete er.

Sie glaubte, sich verhört zu haben. Hatte er das eben wirklich gesagt oder hatte sie sich nur an einen Traum der letzten Nacht erinnert?

Er legte sich aufs Bett, und sie sah, wie seine Augen langsam zufielen. Nach fünf Minuten wurde der Bildschirm schwarz und das neue Bild begann sich aufzubauen.

Blumen. Sie wuchsen aus dem unteren Rand des Bildschirms, erst entstand der Stiel, dann die Blätter, schließlich die Blüte, deren bunte Blätter an den oberen Rand des Bildschirms stießen. Immer mehr Blumen wuchsen über den Bildschirm, rasend schnell und immer schneller, so dass das bloße menschliche Auge dem unkontrollierten Wachstum kaum noch folgen konnte, bis endlich fast der ganze Bildschirm von Blumen bedeckt war und der schwarze Hintergrund nur noch an einzelnen Stellen durchblitzte, bevor das Ganze von neuem begann.

Für Christian, der alles andere ist als Monotonie

Eileen Gläser

high

Andy saß gelangweilt und verträumt in dem durch die Sonne aufgeheizten Sand und blickte suchend aufs Meer hinaus. Er beobachtete die Wellen, die sich über den Strand legten und, Welle für Welle, Tropfen für Tropfen, immer näher heranzurücken schienen. Das Abendrot hüllte das Wasser in einen geheimnisvollen Schimmer, der es wie einen Rubin glänzen ließ. Die Sonne, die sich erst nur leicht zum Wasser hin gebeugt und es schließlich berührt hatte, war in ihm versunken und Sonne und Meer waren zu einer rötlich glänzenden, geheimnisvoll romantischen Fläche verschmolzen. Neben ihm saßen seine Freunde, mit denen er am Strand feierte. Doch er kannte längst nicht alle Leute, die zur Strandparty erschienen waren. Das Mädchen rechts von ihm, das davon schwärmte, einmal Krankenschwester werden zu wollen, hatte er, da war er sich sicher, noch nie in seinem ganzen Leben gesehen. Sie hatte so wildes rotes Haar, dass er die Augen einfach nicht davon abwenden konnte. Die feurigen Strähnen huschten, vom Wind getrieben, wie Flammen um ihr Gesicht und er stellte sich vor, wie er sie ihr sanft hinters Ohr streichen würde um sie zu küssen.
    Doch plötzlich berührte ihn etwas an der Schulter. »Hey Alter! Probier mal! Der Stoff ist echt super!«, hörte er eine Stimme sagen. Sie kam von einem seiner Kommilitonen, der neben ihm im Sand saß und seine rechte Hand auf Andys Schulter ruhen ließ. In der linken Hand hielt er eine kleine weiße Tablette. »Nimm schon!«, sagte er erneut und streckte die Hand so weit aus, dass sich die Tablette direkt unter Andys vor Entsetzen leicht geöffnetem Mund befand. »Du weißt, dass ich das Zeug nicht will!«, entgegnete er forsch. »Aber warum denn nicht? Du könntest viel mehr Spaß haben, wenn du's nimmst! Probier doch mal! Ich schenk sie dir auch! Na los!« Andy packte die Hand des immer aufdringlicher Werdenden und drückte sie mit aller Kraft weg.

»Ich habe Nein gesagt!«, rief er und sprang auf. »Nein! Und dabei bleibt es!« Die anderen, die um ihn im Sand saßen, hatten ihre Gespräche unterbrochen und schauten erwartungsvoll auf Andy, der erschrocken über die viele Aufmerksamkeit, die ihm zuteil wurde, um sich blickte. »Schon gut!«, beschwichtigte ihn sein Kommilitone. »Wenn du nicht willst, dann halt nicht! Ist ja deine Sache!« Er machte eine kleine Pause um Luft zu holen. »Komm schon, setz dich wieder hin!«, sagte er dann, indem er mit der rechten Hand leicht an Andys Ärmel zog und ihm mit der linken eine schon geöffnete Flasche Bier hinhielt. Andy zögerte, doch als er merkte, dass die Beisitzenden, einer nach dem anderen, wieder das Gespräch aufnahmen und ihm nicht mehr ihre Beachtung schenkten, setzte er sich wieder in den Sand, nahm die Bierflasche und trank einen guten Schluck daraus. Während ihm das kalte, prickelnde Bier die Kehle hinunter rann, schaute er nach links, wo er seinen Kommilitonen zufrieden lächeln sah. »Peace, Alter?« fragt dieser, seine Bierflasche, die zuvor im Sand gesteckt hatte, zum Anstoßen erhebend. »Peace!«, entgegnete Andy, der seine Flasche vom Mund abgesetzt hatte, und stieß an, während er tief in die weit aufgerissenen, highen Augen des anderen blickte. »Peace!«, sagte er noch einmal leise, so, dass es keiner der anderen hören konnte und nur die wenigsten sahen, wie sich seine Lippen bewegten. Dann schloss er die Augen und atmete tief aus. Er spürte, wie sich sein Brustkorb senkte und die Luft in seinem Körper nach oben stieg. Wie sie sich ihren Weg durch die Nase suchte und als warmer, seichter Hauch aus seinen Nasenflügeln drang. Er ließ sich zurück in den immer noch warmen Sand fallen und kramte aus seiner Tasche die Zigarettenschachtel hervor. Bedächtig steckte er sich eine der Zigaretten zwischen die Lippen und zündete sie an. Mit der Luft, die nun zurück in seinen Körper strömte, hielt er die Zigarette am Glimmen und beobachtete, wie der Wind die Glut anfachte. Er schloss die Augen und hörte dem Rauschen der Wellen zu, das die sich Unterhaltenden übertönte.

Doch plötzlich zuckte Andy zusammen. Er hatte für den Bruchteil einer Sekunde das Bild vor Augen, dass seine

Wohnung in Flammen stand. Erschrocken riss er die Augen auf. Überall um sich herum hörte er Stimmen. Doch sie klangen nicht wie die seiner Freunde. Die Stimmen waren schrecklich verzerrt und sonderbar dumpf. Sie kamen auch vom Wasser her, obwohl niemand badete. Andy stand hastig auf und lief zu seinem Auto. Die Haare hafteten im Angstschweiß auf seiner Stirn und seine Füße vergruben sich beim Rennen immer wieder so tief im trocknen Sand, dass er Mühe hatte voran zu kommen. Endlich hatte er sein Auto erreicht. Jetzt wollte er nur noch weg. Weg von dieser unheimlichen Party. Er machte sich Sorgen um seine Wohnung, die er in Flammen vermutete, um all die Dinge darin, die ihm so lieb und teuer waren und jetzt vielleicht schon vom Feuer aufgezehrt. Nervös wühlte er in seiner Hosentasche nach dem Autoschlüssel und ließ das Auto, nachdem er ihn endlich gefunden hatte, in derselben gehetzten Eile an. Wenn er erst einmal auf der Autobahn war, dann waren es nur noch einige Minuten, bis er seine Wohnung erreichte. In diesen Gedanken versunken trat er immer stärker auf's Gaspedal. Den Seitenstreifen, der an ihm vorbeiraste, sah er nur noch verschwommen und in unwirklich grellen Farben. Er brauchte all seine Kraft um sich auf die Fahrspur zu konzentrieren und nicht von der Straße abzukommen. Plötzlich hörte er ein Martinshorn hinter sich und als er in den Rückspiegel sah, erkannte er in verschwommenen Konturen einen Polizeiwagen, der auf und ab zu springen schien. Andy dachte einen Moment lang nach, dann bremste er und fuhr auf den Teil der Straße, den er für den Seitenstreifen hielt. Der Polizeiwagen kam dicht hinter ihm zum Stehen und spuckte zwei übergroße Polizisten aus. Auch Andy stieg aus und versuchte sich gerade neben sein Auto zu stellen, obwohl sich alles um ihn herum wie in einem Tornado drehte.

»Guten Abend! Sicher können Sie sich denken, warum wir Sie angehalten haben«, sprach ihn einer der Polizisten streng, aber höflich an. »Guten Abend!«, antwortete Andy. Als er freundlich zu lächeln versuchte, merkte er, wie sein rechter Mundwinkel zuckte, dieses Zucken langsam Besitz von seinem ganzen Körper ergriff und er sich plötzlich ungewöhnlich leicht fühlte. »Ja! Natürlich! Es tut mir Leid! Bestimmt bin ich zu schnell gefahren. Aber das war ja nur, weil mein Wohnung ...« »Zu schnell?«, unterbrach ihn der zweite Polizist. »Zu schnell sind Sie keinesfalls gefahren! Sie hatten grade einmal 50 drauf und dabei waren 130 erlaubt. Wir haben Sie angehalten, weil Sie durch die Schlängellinien, die Sie fahren, den Verkehr gefährden.«

»50 km/h? Nur 50?«, dachte Andy. Die beiden Polizisten redeten noch weiter, aber Andy hörte ihre Stimmen nur noch dumpf und in weiter Ferne. Er fühlte sich immer leichter, bis seine Füße von der Erde abhoben. Er schwebte jetzt über den Polizisten, die zu ihm aufsahen und immer kleiner wurden. Auf einmal lief Andy los. Er befahl seinen Beinen stehen zu bleiben, doch sie gehorchten nicht. Langsam setzte sich ein Fuß vor den anderen und dann ging es immer schneller. Als er merkte, dass er nichts dagegen tun konnte, wehrte er sich nicht mehr gegen die Bewegungen, sondern ließ sie einfach zu und fühlte sich wie Neil Amstrong, der fast schwerelos auf dem Mond umherlief. Physikalische Gesetze schienen für ihn keine Gültigkeit mehr zu haben, sein berauschter Geist hatte sie überwunden. Er lief zwischen unwirklichen Farben und Mustern umher, in einer fremdartigen Welt befindlich, die er weder fassen noch steuern konnte. Leise und verzerrt hörte er Geräusche, die ihn an hupende Autos erinnerten. Doch als er sich umdrehte, sah er erschrocken, wie ein riesiges Ungeheuer direkt auf ihn zulief. Die Beine des Ungeheuers drehten sich rasend schnell und dessen Körper schien ungewöhnlich quadratisch zu sein. Andy wollte noch ausweichen, doch da hatte es schon die Zähne in sein Fleisch geschlagen. – Und wieder dieses dumpfe leise Hupen. Doch war es dieses Mal anders? Es klang irgendwie piepsiger. Auch war es kein Hupen mehr, sondern eher eine Art Rufen, das immer menschlicher klang. Andy öffnete die Augen. Erst nur einen winzigen Spalt, sodass das Licht durch die Lider auf seine Pupille fiel, und dann weiter und weiter, bis sie ganz weit aufstanden und fragend im Raum umherschauten.

Er entdeckte die Frau, von der die Stimme ausging. Eine junge Krankenschwester, die aus ihrem langen, glänzend roten Haar einen Zopf geflochten hatte und lächelnd vor ihm saß. Ihre Zähne schimmerten durch die leicht geöffneten Lippen und waren so weiß wie Schnee, der gerade erst vom Himmel gefallen war – in dem noch kein Kind gespielt hatte, durch den noch kein Auto gefahren war und den noch niemand mit einer großen Schippe auf einen Haufen befördert hatte, weil er lästig war. Ihre Lippen bewegten sich wieder und neue Worte drangen aus ihnen hervor. »Endlich sind Sie aufgewacht!«, sagte die Frau erleichtert und drückte Andys Hand ganz fest. »Endlich! Wir dachten schon, Sie schaffen es nicht mehr!« …

Christina Rühl

Corpus delicti

Aus dem Corpus
Rausgeholt
Gepult, gepopelt
Gepökelt wie ein
Lappen rohes Fleisch
Hänge ich –
Dein Blut auf meiner Haut

Aus der Rinde
Rausgeritzt
Mit einem Skalpell
Weggeschnitzt, ungehobelt
Liege ich
Bar meiner Existenz.

Abgetrieben
Rausgesaugt, Kürettage
Mit deinem Willen
Gleite ich
Ohne Jahresringe aus dem Leben.

Katharina Weil

Mein Vater hält sich die Serviette vors Gesicht,
er hat mir nichts mehr zu sagen.
Und?
Und?
Ich selber wische ihm das Gesicht sauber, nicht aus
Mitleid, sondern um ihn besser zu sehen.
Ich sage: Ich werde leben!
Und?

Aus: Ingeborg Bachmann, MALINA

Der Erzeuger

Mein Blick wendet sich ab von der kleinen Kuchengabel, von den Krümeln, von den Himbeeren unter diesem Guss, was nicht leicht ist, aber ich hebe meinen Kopf, mein Gesicht, hoffe, dass meine Züge, meine Sprache ohne Glasur sein werden.

Ich mustere ihn, während die Worte aus mir fallen, die ich nun nicht halten will. Ich lasse mich fallen und will nicht befürchten müssen, dass meine Sätze nicht weiter stürzen als auf schwer herabgesunkene Augenlider.

Ohne Glasur will ich sein: Mein Versuch, mein Mut mich selbst zu erzählen, aber er sammelt meine Silben nicht auf, dreht und wendet sie nicht einmal in seinen Händen wie später. Betrachtet mich nur, sagt »Ach, ach ja«, ohne dass dabei eine Augenbraue leicht gehoben wird und ich weiß schon, dass es nicht erlaubt ist, den hellen, den weichen Klang der Frage auch nur leise zu erahnen.

Ich muss niesen, obwohl ich mich beeilt habe, die alten, anderen Worte wieder schnell über mich zu streifen, will versuchen Himbeeren unter dickem Guss zu gleichen. Er hört mein Niesen, starrt mich an, rückt näher zu mir, rückt den Stuhl auf, den wir zwischen uns frei gelassen haben nach dem ersten Händeschütteln. Starrt mich an, will dann heimlich um sich schauen, scheinbar ziellos, um des Schauens willen, aber starrt, starrt auf jeden anderen Tisch, auf die dunkelroten schweren Gardinen, auf den Löffel neben der Tasse, und verlangt, dass ich ihm sage, wie man auf Englisch Gesundheit wünscht. Ich sage »God bless you« zu mir, schaue dabei auf mein Kuchenstück, beginne konzentriert und sehr bedächtig Himbeeren zu zählen, während er sich im Café umsieht, und ohne es zu sehen weiß ich, dass Lider so leicht nach oben schnellen, dass er Augen öffnet, so weit wie niemals mehr und nie zuvor, und dass er lauscht, so aufmerksam, um Worte aufzufangen, die ich zu übersetzen habe. Ich zähle die fünfte Beere und versuche mir vorzustellen, er sei einer meiner Lehrer. Manchmal gelingt es mir tatsächlich, da er mich das Futur samt der ersten Person lehren zu wollen scheint. Mit »Ich werde noch … Ich werde dir …« beginnen alle seine Sätze, die ich ihn sprechen höre und die ich verklingen lasse zwischen Kaffeeduft und Kuchenkrümeln, so dass es für ihn eindeutig zu werden scheint, dass ich die Einzahl verstanden habe, dass er nun zum Plural übergehen darf und seine Sätze nun mit »Wir werden noch … bald werden wir« begonnen werden können. Voller Hast fügt er Satz an Satz, Wort an Wort und holt Luft nur nach einem »und«.

Denn dazu muss ich nicht sprechen. Dann kann ich Himbeeren zählen und schweigen, weil ich ja weiß, dass ein »Ich« schon immer im »Wir« enthalten ist.

Wichtig sei es für mich, ihn zu treffen, erklärt er mir später nach dem ersten Verlassen eines Tisches, an dem man sich hätte begegnen können. Wichtig für das Innere.

Das erste Mal könnte ich nun sein Fußpaar neben dem meinigen sehen, aber ich will nicht wissen, wie ein Fremder Füße voreinander setzt, wie ein Fremder stolpert.

So betrachte ich die Bäume und beginne das Schwere, Gewichte zu suchen in einer Vokabelabfrage, in einem »Ach, ach ja«. Er hätte bemerken können, dass nach dem ersten Satz keine Mundwinkel mehr gehoben wurden, dass die Blicke nach außen, zu Himbeeren, glitten.

Aber zu schmal wurden Augen, nachdem Lider herabgesunken waren, fast gerade Schlitze, durch die nicht einmal ein Brief hätte geworfen werden können, zu schmal, um sehen, um begreifen zu können, dass nach einem »Ach« auf einer kleinen Tischplatte zwischen Tellern und Krümeln keine Hände, Handteller nach oben, fielen.

So betrachte ich die Birken, ihren Stamm, weiß, dass nichts mehr kommen wird, was es wert sein könnte, Haare aus dem Gesicht zu streichen.

So lasse ich Strähnen fallen und wundere mich, dass man Hoffen verlernen kann, nach so langer Zeit.

Er hat mich entworfen – lange, bevor ich vor ihm gesessen und im Anfang, für einen Augenblick lang vielleicht, eine Sprache gefunden hatte für mich.

Kein Stift ist gespitzt, kein hauchdünner Pinsel ist angesetzt worden mit einem Zittern im Arm, um Konturen vorzuzeichnen, die leicht wieder zu verändern, zu erneuern gewesen wären. Keine vorsichtigen Ahnungen sind aufgestiegen, wie ich meinen Teller spülen, die Brille absetzen und das Gesicht in meine Hände geben könnte. Mit kräftigen, schwer löslichen Farben hat er mich gemalt: Beim hektischen Suchen des Autoschlüssels, beim mutlosen Sitzen vor einem Saxophon, dessen Klappen man sich nicht einmal mit dem kleinen Finger zu streifen zutraut, weil es ja keinen Halt mehr geben wird mit dem ersten sanften Aneinanderstoßen von einer Zunge an das dünne Holzblättchen, mit dem Heben des Brustkorbs, keinen festen, schon begangenen Boden mit dem ersten Ton, keine Ordnung zwischen den vorgezeichneten Achtelnoten. Auch in diesen Momenten, in denen eine Postangestellte vor ihm zurückweicht, weil seine Halsschlagader weit hervortritt und es nicht zu erraten ist, dass es die Stimme eines Menschen ist, die da nur noch krächzende Laute hervorstoßen kann, vor Zorn, dass ein Brief nicht rechtzeitig empfangen wurde – auch in diesen Momenten bin ich entworfen worden.

Einmal antworte ich. Für eine kurze Zeit, für einige Wochen vielleicht, öffne ich meine zur Faust geballten Hände, um mit meinen Fingern nach den Briefen zu greifen, die frei sind von Fragezeichen, aber dennoch antworte ich.

Einmal sitze ich an meinem Schreibtisch mit offenen Händen und offenem Stift und will mich selbst beantworten, doch merke, dass meine Sätze kurz werden und wütend, schreibe im Stakkato, hastig, aber niemals aneinanderstoßend, unverbunden stürzen die Worte auf das Papier und als ich später den Brief einwerfe, weiß ich, dass dennoch nicht einmal in den Zwischenräumen geatmet werden kann.

Einmal habe ich geantwortet und kann nun hören, wie er einzelne Worte aus meinem Brief herausreißt, wie er ihre Silben dehnt und überspannt, so dass ich Angst haben muss, dass mir meine Worte zu Konsonanten und Vokalen zerfallen, die er vor mir durch seine Hände rieseln lassen könnte. Er betont, dass eines aus der Detektivsprache stamme und zweifelt die Verwendungsweise eines anderen in diesem Kontext an. Vor meinen Augen erscheinen auf einem Tisch verschiedene Listen, die er angelegt haben könnte, um meine Einzelteile sorgfältig einsortieren zu können. Unter anderem eine Liste für meine Substantive, eine für meine Adjektive und eine Liste für meine Verben, die er oft einfach streichen will.

Es wird eine Zeit geben, in der ich jener Postangestellten in vielem ähneln werde. Ich werde eine Telefonnummer wählen. Noch werde ich dabei meine Haare hinter die Ohren zurückstreichen. Ich werde den Hörer im Anfang, wenn er seinen Namen nennen wird, noch ganz dicht an mein Ohr pressen. Noch werden meine Züge weich sein. Ich werde zu sprechen beginnen, ich werde Silben hauchen und mich mein »Ich« sagen hören können. Noch werde ich es meine Stimme flüstern hören können: »Man hat mich angesehen, lang und tief und voller Ernst. Zu mir selbst konnte ich reisen. Später dann habe ich Platon gelesen«, wird sie leise sprechen und ich werde sein Verstummen nicht ertragen können, auch wenn es nicht von Dauer sein wird. Ich werde ahnen müssen, dass er mich, wenn er in diesem Augenblick vor mir stehen könnte und Sprache nicht mehr Macht genug sein würde, an den Armen greifen und schütteln würde, auf dass ich zur Vernunft komme und schweige:

Denn ich werde ja schon erzählt sein.

Aber nicht nur Räume werden uns trennen und ich werde

sein Lachen hören müssen. Nach England werden wir fahren, er und ich, ich werde mein Englisch aufbessern wollen, wie er glauben wird, wir werden gemeinsam an der Themse stehen, wird er verkünden. Ich werde mir vorstellen müssen, wie wir beide zugleich hinunterschauen auf das Wasser, er und ich, beide zugleich mit flatternden Haaren und wie er mir zurufen wird, wie ähnlich wir uns doch sind.

In dieser Zeit am Telefon wird er seine Sätze über mich werfen wie schwere Mäntel, wird dabei seine Stimme heben, wird zu brüllen beginnen, wenn er merkt, dass ich keines seiner Worte zu tragen vermag. Er wird mich unter seinen Sätzen begraben.

Es wird Stille eintreten auf der einen Seite einer Telefonleitung.

Andere Briefe halte ich in meinen Händen in diesen Tagen. Briefe, die wie alle, die er jemals sandte an mich, eine Kopfzeile haben, mit genauer Datumsangabe, mit seiner Anschrift und Leerzeilen, zwischen die nichts zu fallen und niemand zu sterben hat, mit meiner Anschrift, die getippt wurde, schnell und routiniert, ohne denken zu müssen, dass da ja auch gelebt wird, jederzeit. Mit einem »Hallo«, was nicht ordentlich nach außen fällt, aber auch niemals aus irgendeinem Rahmen. Auch Fußzeilen kann ich betrachten mit Grüßen, die auf das Blatt gestürzt zu sein scheinen, doch kann ich Augenlider senken und muss begreifen, dass sie nicht ohne Absicht schreibenden Händen entglitten sind. Denn die Form einer Fußzeile gilt es zu wissen. Zwischen Kopf- und jenen Fußzeilen sind nur wenige Worte zu betrachten. Da es um Zahlen geht, kann er sich kurz fassen. Zahlen, die er einkleidet und verhängt mit Worten, damit sie nicht nackt vor mir stehen müssen, sich zusammenkrümmend voller Scham. Es braucht nur einen Satz, ein Prädikat am Anfang, mit Leichtigkeit herausgefiltert aus Alltäglichem, aus Wiederholung, und dem, der das Prädikat und ein Fragezeichen auf sich nimmt, der es trägt wie ein Kreuz. Es braucht nur einen einfachen, gewöhnlichen Satz, um einen Menschen zu fragen, wie viel er kostet.

Er sitzt in einem abgedunkelten Zimmer an einem Schreibtisch, irgendwo in einer Ecke liegt in einem Koffer ein Saxophon, bei dessen Klang es niemals ein Erkennen gab. Über den Tisch verstreut Aufstellungen mit Zahlen, Beträgen, links oben immer wieder ein Name.

Ein Taschenrechner neben seinem Arm, während die Hand einfache Sätze schreibt. Er kann sich nur fragen, wie viel ihn die Buchstaben pro Monat kosten, die einen Namen ergeben. Mehr kann er sich nicht fragen. Er hat aufgeschaut von Kuchenkrümeln und Tellern, aber gesehen worden ist niemand.

Es wird keine Sprache geben, die weiter fällt als vor den ersten Mund.

Nur nach einem Namen vermag er zu fragen. Nicht zu erahnen ist es, dass man berechnet:

Ein Lachenkönnen, Angst, das Heben und Senken einer Bauchdecke, ein Abschiednehmen vor dem Spiegel, später, fremde Finger auf einer fremden Stirn in einer Nacht, um sich einzustreichen in alle Gedanken, spätes bitteres Erkennen: Nur den Flaum hat man bewegt.

Stifte und vielleicht durch sie einmal vier Füße vor der »Porta Praetoria«, vielleicht endlich zusehen können, wie Hände leise aus Hosentaschen gezogen werden und aus Mundwinkeln für einen Moment eine Spannung fällt, ein Blick auf die Mauern und durch ihn ein Verstummen vor der Erzählung der Jahrhunderte, große, weite Augen beim Winken, groß und weit von Erfahrenem mit dem, der geht. Augen »weltweit«.

Es ist nicht zu erahnen.

Er erhebt sich vom Schreibtisch. Erschöpft sieht er aus, wie er so langsam durch das Zimmer schlurft, das schwache Licht löscht und die Tür fast geräuschlos hinter sich zuzieht. Irgendwo in dem nun dunklen Raum liegen auf einem Schreibtisch verstreut Aufstellungen mit Zahlen, Beträgen. Auch ein Taschenrechner. Links oben auf jedem dieser beschriebenen Papiere ein Name. Immer wieder.

Daniel Windheuser

FLIEDERFARBEN
hinter aschgrau
ein Wort
ein kleiner Blick
und jeden Tag
ein Gedicht
in fallender
Tendenz
du webst
das Frühstück
ich fälle den Ton
und sonntags
fangen wir
den Nachbarn
mit Netzen
aus Klatschmohn
und wenn es
dunkel wird
bemale ich einzeln
die Härchen
deines Nackens
goldfarben
auf der Veranda
bei morschem Holz
und lila Duft
während vom Dach
die Ziegel fallen
lautlos ins Gras

Wettbewerbstexte – eine Auswahl

Olga Bykow

Unter dem Wohnzimmersofa

Moritz lag unter dem Wohnzimmersofa. In der einen Hand hielt er ein Messer, in der anderen die Lieblingspuppe seiner Schwester. Der Kampf hatte begonnen.

Nina hatte Moritz durch das Haus gejagt, um ihm ihre Puppe wieder abzunehmen, und obwohl sie ein Jahr älter als Moritz war, konnte er ihr entwischen.

Moritz lag still unter dem Sofa und wartete den nächsten Zug seiner Schwester ab. Er war auf alles vorbereitet. Im oberen Stockwerk des Hauses raschelte etwas. Nina war also in sein Kinderzimmer eingedrungen und durchwühlte seine Spielzeugkiste. Moritz grinste zufrieden. Sie würde nichts von hohem Wert finden, seine Lieblingsroboter-Actionfigur hatte er bereits versteckt.

Oben Schritte. Jetzt rauschte die Klospülung.

Nina stand vor der Toilette und ließ ein Matchbox-Auto nach dem anderen ins Klo fallen. Nach jedem Auto betätigte sie die Spülung. Als die Arbeit getan war und sie sich umdrehte, stand Moritz im Flur und blickte direkt in Ninas Gesicht. Seine Miene war unbewegt und vollkommen starr. Ninas Augen weiteten sich. Ihre Lieblingspuppe.

Bevor Nina auch nur einen Schritt gehen konnte, zückte Moritz das Messer und schnitt, mit einer schnellen Handbewegung, der Puppe den langen blonden Zopf ab.

Genau in diesem Augenblick hörte die Nachbarin einen schrillen Schrei aus dem Nachbarhaus. »Was machen diese Kinder nur wieder?«, fragte sie sich und konzentrierte sich dann wieder auf die Quizsendung im Fernseher.

Für Moritz galt es jetzt: schnell in Sicherheit bringen. Das waren immer die kritischsten Momente im Kampf, in denen man nie sicher sein konnte, ob der andere noch wusste, dass Töten verboten war.

Er rannte ins untere Klo und schloss sich ein. Hinter ihm hörte er noch Nina die Treppe runter donnern. Dann rüttelte es so heftig an der Tür des Badezimmers, dass

Moritz für einen Augenblick glaubte, die Tür würde nachgeben.

Kurze Zeit später war es plötzlich still.

Moritz war ein ausgezeichneter Kämpfer. Er plante, wägte ab und stellte Strategien auf. Nina war auf ihre Weise auch eine gute Kämpferin, nur eben ganz ohne Strategie, aber dafür mit Leidenschaft.

Immer noch Stille. Er stellte sich vor, wie Ninas Kopf vulkanartig explodierte und kicherte leise.

Währenddessen überlegte Nina. Es galt, in möglichst kurzer Zeit den möglichst größten Schaden für Moritz anzurichten. Seine Actionfigur – hatte er versteckt. Das nächst Wertvolle waren die Matchboxautos – bereits eliminiert. Die Gamecube! Aber das würde auch einen Verlust für Nina bedeuten.

Nina war nicht so stark im langen Überlegen, also ging sie in die Rumpelkammer, holte den größten Hammer, den sie finden konnte und fing an auf die Badezimmertür einzuschlagen.

Das kleine Fenster oben in der Tür zerplatzte als Erstes. Moritz wurde von Glassplittern getroffen, da er unter der Tür saß. Er krabbelte so schnell er konnte hinter den Duschvorhang und wartete ab.

Irgendwann hörte das Donnern auf die Tür auf.

Es wurde wieder ganz still.

Auf Moritz' Arm befand sich eine riesige Schnittwunde. Das Blut rann langsam in einem dicken Tropfen von seinem Arm. Irgendwie hatte er keine Lust mehr zu spielen.

Nina war inzwischen auf eine neue Idee gekommen. Moritz musste aus dem Bad raus. Er durfte keinen Rückzieher machen, jetzt wo Nina am Gewinnen war. Sie holte eine Zeitung, nahm ein Feuerzeug aus Mamas Versteck und warf die Zeitung angezündet durch das kleine Badezimmerfenster in der Tür. Im Fernsehen nannte man das Ausräuchern.

Moritz hörte etwas auf den Boden fallen.

Dann sah er etwas durch die Badevorhänge leuchten.

Dann sah er die Badevorhänge in Flammen aufgehen.

Kurz danach war er umgeben von brennenden Badevorhängen. Er wollte fliehen, doch er war gefangen, eingeschlossen von einer Mauer aus Feuer.

Nina stand vor der Badezimmertür, als sie ihren Bruder angstvoll aufschreien hörte. Plötzlich war sie wie aus einem Traum erwacht. Sie stürzte auf die Tür zu, drehte den Türknopf, doch die Tür war immer noch verschlossen. Ein zweiter Schrei aus dem Badezimmer. Panisch hämmerte sie gegen die Tür: »Moritz, mach die Tür auf!« Dann fiel ihr etwas ein: »Moritz, mach die Dusche an, *die Dusche*!«

Einige Augenblicke später hörte sie das Rauschen des Duschkopfes. Als Moritz die Tür öffnete, war er klitschnass, doch schien er unverletzt. Auf dem Badezimmerboden lagen die verkohlten Überreste des Badevorhangs.

Ninas Unterlippe fing an zu zittern. Dann brach sie in Tränen aus und fiel ihrem Bruder um dem Hals. Wie dumm sie gewesen waren!

Zwei Stunden später kam ihre Mutter nach Hause. Sie hatte ein paar Briefe in der Hand, die beim Vorbeigehen an der Toilettentür ihre Aufmerksamkeit beanspruchten, sodass sie die hässlichen Beulen und das zersplitterte Fenster nicht bemerkte.

»Moritz, wieso hast du ein Pflaster auf dem Arm?«, fragte sie, im Wohnzimmer angekommen.

»Hab mich geschnitten«, log er.

Doch bald ging ihre Mutter auf die Toilette. »Moritz! Nina! Was ist mit der Tür passiert!« Dann öffnete sie die Tür: »Und warum ist unsere Badezimmerdecke schwarz?« Diesmal war ihr Ton schärfer. Die Vorhängereste und Scherben hatten Moritz und Nina vorsorglich entfernt.

Nina blickte auf den Boden und erstattete Bericht: »Wir haben mit dem Feuerzeug gespielt und die Vorhänge …« Sie sprach den Satz nicht zu Ende, sondern riskierte einen schnellen Blick auf ihre Mutter.

»Da lässt man euch einmal alleine …«, fing diese an, doch da ertönte die Türklingel. Über das Gesicht ihrer Mutter huschte ein gequälter Ausdruck.

»Verdammt, euer Vater! Er wollte euch heute übers Wochenende abholen.«

Sie atmete kurz aus und ging zur Tür. Die Kinder hörten ein kaltes: Hallo. Dann die Schritte ihres Vaters und wie sie beim Badezimmer aufhörten.

Moritz und Nina sahen sich an. Dann setzten sie sich auf das Wohnzimmersofa und warteten geduldig ab.

»Was ist *das* denn?«, ertönte die Stimme des Vaters.

»Die Kinder haben mit dem Feuerzeug gespielt«, sagte ihre Mutter, als wäre nichts dabei.

»Bist du nicht fähig auf die Kinder aufzupassen?« Ihr Vater eilte ins Wohnzimmer, kniete vor Nina und Moritz: »Alles in Ordnung mit euch?«

»Jetzt reg dich nicht so künstlich auf! Es ist ja nichts passiert!« Ihre Mutter konnte es noch nie leiden, wenn er so tat, als wäre er das bessere Elternteil.

Dann entdeckte der Vater das riesige Pflaster auf Moritz' Arm. »Mein Gott! Er ist ja verletzt! Ich habe immer gewusst, dass du als Mutter untauglich bist. Ich werde sofort meinen Anwalt konsultieren, dann werden wir ja sehen, wer hier das letzte Wort im Erziehungsrecht haben wird.« Er war aufgestanden und sah ihre Mutter mit vorwurfsvollen Blick an.

»Das wäre alles nicht passiert, wenn du uns nicht sitzen gelassen hättest und mit diesem Flittchen durchgebrannt wärst!« Ihre Mutter bebte vor Wut und bekam ihre typischen roten Flecken im Gesicht. Für ihren Vater war das Thema ausgelastet genug: »Fängst du damit wieder an! Nein, das muss ich mir nicht bieten lassen. Kinder, nehmt eure Sachen! Wir gehen!«

»Oh nein! Diesmal wirst du nicht einfach verschwinden. Du wirst dir alles anhören, was ich dir zu sagen habe!«

»Das wollen wir ja mal sehen! Kinder!« Mit diesen Worten ging er geradewegs auf die Tür zu, um das Haus wieder zu verlassen. Doch ihre Mutter stellte sich ihm in den Weg, griff die nächstliegende Vase und warf sie ihm vor die Füße, dass die Scherben nur so in alle Richtungen flogen.

Dann stürzte sie auf ihn los und schlug mit ihren Fäusten auf seine Brust ein. Er griff ihre Arme und schubste sie weg.

»Du Zicke! Ich weiß, warum ich dich verlassen habe, mit dir hält es doch kein Mensch aus!«

Sie ergriff die Bilder auf der Kommode und warf sie ihm wieder vor die Füße: »Nimm das zurück, nimm das sofort zurück! Wag es nicht, so mit mir zu sprechen! Nicht vor den Kindern!«

Die Kinder saßen nicht mehr auf dem Sofa. Erfahrungsgemäß wussten sie, dass das hier noch länger dauern konnte und hatten sich deshalb versteckt: unter dem Wohnzimmersofa.

Anja-Maria Foshag

FERNWEH MACHT AUGEN ROT
und obwohl ich ihn nicht gebeten habe
ist der mond näher gekommen
zu nah fast
weil wenig platz ist
zwischen tomaten und tontöpfen
die zu hause
um den platz
im mondschatten
buhlen

Andreas Grünes

Jeremia

Wenn die Erdbeeren in den Gärten rot wurden und die Tage so warm begannen, wie man sie sich an kalten, grauen Januarmorgen herbei wünschte, nahmen sich meine Eltern ein paar Tage frei, luden zwei gepackte Koffer in den Wagen, einen blauen Opel GT, und fuhren in das kleine Dorf meiner Großeltern.

Der Verlauf war stets der gleiche: Wir frühstückten um zehn Uhr, beluden das Auto und fuhren los. Um drei Uhr nachmittags hielten wir vor dem Haus der Eltern meiner Mutter, wo meine Großmutter schon mit einem gedeckten Kaffeetisch hinter dem Haus auf uns wartete.

Mein Vater lud einen Koffer aus dem Opel und trug ihn den kleinen Weg durch den Vorgarten zur Haustür hin. Weil er aber immer mit dem Gepäck oder seiner Kleidung an den Rosenbüschen hängen blieb und manchmal sogar ein oder zwei Rosenblüten abriss, nahm ihm mein Großvater den Koffer auf halbem Wege ab.

Meine Mutter sagte dann: »Nein, Vater, das ist doch zu schwer, lass Jochen doch die Sachen tragen«, und mein Großvater antwortete nur: »Der gräbt mir ja den ganzen Vorgarten um«, und dann war er schon im Haus verschwunden, wo er den Koffer hinauf ins Gästezimmer wuchtete.

Mein Vater sagte nichts, auch nicht danke.

Bei Kaffee und Kuchen erzählte meine Mutter von der Arbeit, dem Haushalt, den Freunden; meine Großeltern vom Garten und von Leuten aus dem Dorf, wer geheiratet hatte, Kinder bekam und wer gestorben war.

Ich erkannte aus ihren Erzählungen, dass diese Kette von Abläufen nur teilweise fest war. Manche Leute heirateten, bekamen aber keine Kinder. Andere bekamen Kinder, heirateten aber nicht. Und manche starben einfach nur, ohne Kinder, ohne Heirat.

Mein Vater hörte wie ich der Unterhaltung nur zu, nach einer Tasse Kaffee und einem Stück Kuchen rauchte er eine

Zigarette. Dann drückte er sie in dem Aschenbecher, den meine Großmutter aus dem Wohnzimmerschrank geholt hatte, aus und sagte zu meiner Mutter: »Du, ich glaube, wir müssen jetzt losfahren, sonst wird es zu spät.«

Meine Großeltern und ich sahen ihnen noch nach, bis sie die Straße runtergefahren waren und um die Ecke verschwanden, unterwegs nach Frankreich oder Österreich oder auch nur in nächste Bundesland. »Wir lassen uns einfach treiben«, sagte meine Mutter, wenn ich sie nach dem Reiseziel fragte.

Als ich kleiner war, hatte ich immer Angst gehabt, dass sie einmal nicht mehr wiederkämen, dass der Opel eines Tages zum letzten Mal dort unten an der Straßenkreuzung abbog und für immer verschwand.

Aber wenn ich mit meinem Großvater im Garten arbeitete oder mit meiner Großmutter Erdbeeren oder Herzkirschen pflückte oder mit den Kindern aus der Nachbarschaft durch das Dorf und die Umgebung streifte, ja selbst wenn mir der hellbraune Hahn beim Füttern der Hühner in die Waden und Füße pickte (weil er mich nicht kannte oder einfach ein boshaftes Tier war), verlor diese Vorstellung an Furcht, immer mehr, bis sie eines Tages arglos, ja, sogar ein bisschen reizvoll geworden war.

Zu den Aufgaben, die mir mein Großvater übertrug, als ich etwa neun Jahre alt war, gehörte neben dem Füttern der Hühner und der Stallkaninchen auch die Versorgung von Jeremia.

Jeremia war ein alter weißer Ziegenbock, der auf einer Wiese etwas außerhalb des Ortes lebte. Von dem Garten meiner Großeltern führte ein Weg dorthin, ein kleiner Trampelpfad, auf beiden Seiten von Brennnesseln gesäumt.

Woher Jeremia kam und warum ihn meine Großeltern hielten, wusste ich nicht; seine Anwesenheit erschien mir neben den eierlegenden Hühnern und den flauschigen Kaninchen einfach unpassend. Seinen merkwürdigen Namen erklärten mir erst viel später die Kinder der Nachbarn, als sie schon keine Kinder mehr waren: So hatte der Pfarrer des Dorfes, als er meine Mutter taufte, eine wirklich unpassende Stelle aus dem Buch Jeremia vorgelesen, und weil

Pfarrer und Ziegenbock durch ein weißes Kinnbärtchen eine gewisse Ähnlichkeit verband, hatte mein Großvater den Ziegenbock Jeremia getauft.

Das wusste ich damals aber noch nicht, als ich ihn füttern sollte. Alles was ich wusste, war, dass Jeremia nach Abfällen stank und böse war. Wenn man seine Wiese betrat, tat er zunächst, als wäre er völlig in das Abknabbern eines Busches vertieft. Schloss man jedoch das Gatter hinter sich und trat ein paar Schritte in das Gelände hinein, sprang er plötzlich auf und rannte mit gesenktem Kopf auf den Eindringling zu. Entweder war man schnell genug, um zum Tor zurück zu laufen und sich dahinter in Sicherheit zu bringen, oder Jeremia war schneller und rammte einem die Hörner in den Leib, was trotz ihrer Abrundung nicht ungefährlich war.

Dieses Bild hatte ich vor Augen, als ich hinter meinem Großvater den schmalen Weg entlang trottete, sorgsam darauf achtend, dass ich beim Gehen weder zu weit nach links noch nach rechts kam, um mich nicht zu verbrennen.

Ziegen, sagte mein Großvater, fressen so ziemlich alles, deswegen brauchen wir ihm auch nur Wasser zu geben. Wasser ist das wichtigste für alle Lebewesen.

Ich hörte seine Worte nur verhalten, denn er drehte sich beim Sprechen nicht um, und ich starrte auf seinen Arm, der den Wassereimer trug. Unter der faltigen, fleckigen, haarigen Haut und unter den grünlich blauen Adern traten deutlich die Muskeln hervor, und ihre Anspannung durch das Tragen des schweren Wassereimers. Seine Haut war von der Sommersonne ähnlich gebräunt wie meine, doch meine Haut war glatt, hatte keine Flecken und nur ganz helle Haare.

Als wir die Wiese erreichten, sagte mein Großvater zu mir: »Du bleibst erst mal hier stehen«, dann öffnete er das Gatter und trat ein. Er ging ganz gemächlich zu dem Blechtrog, aus dem Jeremia trank. Jeremia selbst hatte gerade an einem Stein geleckt und trabte, nachdem er meinen Großvater gesehen hatte, ebenfalls zum Wassertrog. Erst gemächlich, dann immer schneller, bis er schließlich auf meinen Großvater zu rannte.

»Er kommt!«, rief ich erregt.

Mein Großvater blieb nur wenige Meter vor dem Trog stehen und setzte den Wassereimer ab.

Jeremia kam immer näher. Den Kopf hielt er gesenkt, doch er sah genau, wohin er laufen musste. Er lief immer schneller. Zehn Meter. Fünf Meter. Vier, und drei, und zwei.

Ich hatte bis dahin insgeheim gehofft, dass er das Rennen wieder verlangsame, dass aus dem zornigen Angriff ein Willkommensgruß werde. Doch schneller und schneller stürmte das Tier.

Dann, als die Hörner nicht mal einen Armbreit von dem Bauch meines Großvaters entfernt waren, wich mein Großvater plötzlich zur Seite aus und packte Jeremia an den Hörnern.

Riss ihn herum. Bremste ihn. Ließ ihn wieder frei und ins Leere laufen.

Jeremia blieb stehen und sah ihn an. Doch mein Großvater hatte schon den Eimer genommen und goss das Wasser in den Trog. Dann ging er ruhig wieder zurück zum Tor, und Jeremia begann zu trinken.

Mein Großvater öffnete das Gatter, reichte mir den Eimer und sagte: »So, jetzt bist du dran.«

Erst da sah ich, dass er nur die Hälfte des Wassers in den Trog geschüttet hatte, die andere Hälfte war noch im Eimer.

»Aber ich kann doch nicht«, begann ich und brach wieder ab, weil ich nicht genau wusste, was ich sagen sollte. Er hob seine buschigen Augenbrauen und sagte: »Dann müssen wir morgen früh wieder hierher kommen. Jeremia braucht sein Wasser.«

Morgen war jedoch Sonntag, und wir wollten schon früh am Morgen aufbrechen und durch den Wald zum See wandern. Also nahm ich den Eimer und trat ein.

Jeremia trank noch, und für einen Augenblick war ich mir sicher, dass er jetzt entweder beruhigt oder abgelenkt war und mich in Ruhe das restliche Wasser in den Trog schütten lassen würde.

Doch dann hob er den Kopf und seine gelblichen Augen sahen mich an. Er begann zu laufen.

Ich erstarrte, sah zurück zum Tor. Es war nicht weit, und ich hätte zurücklaufen können.

Aber Jeremia brauchte sein Wasser.

Also setzte ich wie mein Großvater den Eimer ab. Sobald aber der Henkel durch die Last des Wassers nicht mehr in meine Finger einschnitt, wurde mir klar, dass ich nicht so stark und so schnell wie mein Großvater war. Ich war noch nicht mal schnell genug, um meinen Fuß wegzuziehen, wenn der hackende Schnabel des Hahn sich ihm näherte.

Dann, Jeremia war noch acht Meter entfernt, begann ich zu laufen.

Ich lief nicht zum Gatter zurück, ich lief auf Jeremia zu.

Der Bock blieb zwar nicht stehen, aber er war irritiert und wurde deutlich langsamer. Bevor wir jedoch zusammenstießen, wich ich nach rechts aus und lief an ihm vorbei und blieb schließlich hinter ihm stehen.

Er stand nun ebenfalls und glotzte mich an. Ich ging nun langsam zurück, hob den Eimer vom Boden auf und füllte das restliche Wasser in den Trog. Jeremia ließ mich ungehindert passieren, und als ich das Tor erreichte, trank er schon wieder.

Mein Großvater lächelte ein wenig, als er mir den kleinen Schlüssel gab und sagte: »Da, du darfst abschließen.«

Ich schloss ab und sah Jeremia noch eine Weile beim Trinken zu.

Als ich mich umdrehte, war mein Großvater schon ein Stück weit den Weg zurück gegangen. Den Eimer trug ich zurück.

Tobias Grüterich

Gewissenlos

Ich sag euch eins:
Das schlechte Gewissen
ist ganz schön gerissen.
Es selbst hat keins.

Flora von Herwarth

Laubgeflüster

trocken ist's in Staubeskälte
spricht ein blutleeres Gesicht
spricht von Worten toter Meister
spricht von Künsten ohne Pflicht

sieht hindurch in Windeseile
sieht ins Leere hinter mich
so auch ich den Blick abwende
durch das Fenster in das Licht

wo ein Baum sich eben räkelt
mit dem Himmel über sich
mit den Wurzeln tief verborgen
lächelt er ganz wunderlich

fängt er an zu mir zu sprechen
spricht von heute ärgerlich
sagt sie hatten dort gesessen
unter grünen Kronen schlicht

haben sie das Wort gefunden
fern des Rates und Gerichts
haben sie es still gefangen
damals als sie feierlich

sich der Freiheit übergaben
der Natur zum Lauschen dicht
der Vernunft so leicht entsagten
für die Wahrheit innerlich

Claudia Hoppe

ZWEI BEINE ZU HABEN
mit denen man seinen
standpunkt wechseln kann

Elisabeth Laabs

Tapete

Salzstangen mit Mayonnaise, darauf kommt sie irgendwie, während sie mit Christiane telefoniert, gedankenverloren, nickend, ohne zuzuhören. Jetzt probiert sie es aus und sofort erinnert der Geschmack dieser Kombination sie an Silvester mit ihren Eltern, lange her, an irgendwelche Pastetchen. Und ihr fällt ein, wie sie immer den Sekt in sich hinein gezwungen hat, um endlich lustig zu sein, doch sie wurde nur zu laut.

Auch jetzt steht Sekt in Ellas Kühlschrank, und sie mag ihn ebensowenig wie damals.

Sie liest ein Buch und hört Jazz. Nebenbei tunkt sie Salzstangen in das Mayonnaiseglas und ist zufrieden, wenn sie es schafft, einen großen Schwapp Creme zwischen zwei Stangen in ihren Mund zu balancieren.

Dann ist das Buch zu Ende und das Glas leer. Enttäuschung macht sich darüber in ihr breit, die sich genussvoll mit der Musik mischt.

Was nun tun? Es ist zu früh, um ins Bett zu gehen und Ella überlegt, was wohl die Leute denken, die ihr ins Zimmer gucken können, wenn sie um diese Zeit in ihren winzigen Shorts ins Bett hüpft, geübt die Decke zurückschlagend.

Sie könnte auch ein Stockwerk höher bei Klaus klingeln, Bier trinken oder darüber nachdenken, wie Silvester bei ihren Eltern war. Sie entschließt sich dann doch fürs Bett.

Da hört sie es, hört, wie etwas an der Wand kratzt, wie wenn Tapete abgerissen wird, falls Ella überhaupt weiß, wie es sich von der anderen Seite her anhört. Als stehe da einer, der mit einem Spachtel die kleinen Stücke, die so schwer abgehen, abschabt.

Es zieht sich etwas in Ella zusammen und sie entwickelt eine Sehnsucht nach demjenigen auf der anderen Seite.

Sie erinnert sich, dass sie heute morgen zufällig einen Blick auf das neue Klingelschild über ihrem geworfen hat –

»Clemens Lämmle« stand da und sie sagt es leise vor sich hin und glaubt, wenn sie damit fortfahre, könne sie endlich einschlafen.

Verdammter Mist, weshalb hatten sie sich wegen dieses blöden Schranks so streiten können? Unbedingt wollte sie ihm diesen Schrank kaufen, hatte gesagt: »Ich hab da was entdeckt, für uns«; schon das »entdeckt« schnürte ihn ein, das »für uns« nahm ihm die Luft. Es ist ein schöner Schrank, dunkles schweres Holz mit zarten Einfassungen. Anja fand ihn beim Antiquitätenhändler, viel preiswerter als bei Ikea. »Ich soll mich doch wohlfühlen bei dir« sagte sie und damit hat die Diskussion begonnen, da wieder einmal der Vorwurf mitschwang, dass sie nicht zusammen in diese Wohnung ziehen. Mit dem Schrank breitet sie sich dennoch darin aus. Heute ist er das erste Mal hier, um die Wände zu bearbeiten. »Miss gleich aus, ob er passt, da in die Nische zwischen Tür und Ofen«, hat sie gesagt und die Schlacht gewonnen. ›Ich ziehe um, und das Erste, das ich mache, ist auszumessen, ob dieser dumme Schrank, Anjas Schrank, Anja hier hineinpasst‹, denkt Clemens.

Es geht aber nicht, er hat seinen Zollstock vergessen. ›Wenn ich es heute nicht tue, dann streiten wir morgen wieder‹, und so beschließt er sich den Zollstock irgendwo zu leihen. Er geht auf den Flur und klingelt gegenüber. Es dauert ein wenig, dann steht sie da: erschrockener Blick, kräftige Schultern und dünne Beinchen in winzigen Shorts.

»Oh, Entschuldigung, ich bin der neue Nachbar«
»Ich weiß« sagt Ella, »ich hab Sekt.«
»Ich wollt eigentlich nur …«, doch sie ist schon wieder verschwunden, kommt zurück und sagt: »Leider hab ich kein Brot mit Salz, dafür aber Salzstangen«, sie kichert ein bisschen und Clemens sieht, dass sie sich eine Jeans angezogen hat, die ihre Beine noch dünner macht.

Dann ist sie wieder weg, wartet auf ihn in der Küche, zündet Kerzen an. Clemens geht ihr nach, nimmt das Glas Sekt und die Zigarette, die sie ihm reicht und sagt: »Ich bekomm immer Schluckauf, wenn ich rauche«, und dann beginnt Ella zu reden.

Davon, dass sie eigentlich keinen Sekt mag, dass sie schon fast geschlafen hat, aber wie so oft das Gefühl hatte, ihre eine Körperhälfte beginne zu wachsen, ob er das auch kennt?

Clemens schüttelt den Kopf.

Als er vorhin bei ihr geklingelt hat und sie die Augen öffnete, war sie fest der Meinung, die Wimpern ihres rechten Auges müssten schon an der Zimmerdecke festkleben.

Sie ist seltsam und nicht besonders anziehend und es ist gut so mit ihr hier zu sitzen. Bald spricht auch Clemens ein bisschen, nicht vom Schrank.

Sie erzählt ihm auch, dass Klaus-von-obendrüber sie gefragt habe, ob sie mit ihm verreise, und Clemens, der weder Klaus noch Ella kennt, rät ihr zu.

Wenn sie lacht, streicht sie aschblonde Strähnen hinter das Ohr und zeigt ihren kräftigen Kiefer. ›Die kann beißen‹, denkt Clemens.

Ella denkt: ›Alles läuft schief‹. Plötzlich steht er da: groß und schön und in so einem Hemd, das Frauen ihren Freunden kaufen. Dann erzählt sie ganz schnell ganz viel und rügt sich, wie meistens in diesen Situationen, dass das gar nicht Ella ist, die da spricht.

Ich muss drei Tage geschwiegen haben, so wie es jetzt aus mir heraus platzt, denkt sie, aber wenigstens ist die Sehnsucht weg, nicht auszudenken …

Und weshalb spricht sie jetzt von Klaus, mit dem sie nicht nur abends Bier trinkt?

»Du wirst merken, dieses Haus ist ein Mikrokosmos«, sagt sie zu Clemens und er sagt »Ich find's schön«; er findet alles schön, was sie ihm erzählt.

Ob sie ihm mal zeigen soll, wie man mit einem Cello eine Kuh nachahmt? Sie soll. Klaus-von-obendrüber wird das hören und wird wissen, dass sie Besuch hat.

Sie setzt Teewasser auf und legt, als sie sich nichts mehr zu sagen haben, eine CD ein.

»Schön!«, schon wieder aus seinem Mund und ein großes unbefangenes Lächeln.

Ella geht aufs Klo und starrt an die Wand. Sie weiß, was das bedeutet, wenn sich alles dreht, wenn sie sich kurz aus einer Zweisamkeit entfernt.

Als sie weg ist, fällt ihm ein, dass sich um diese Zeit normalerweise Anja bei ihm meldet. Was wird er ihr sagen, wenn sie morgen fragt, weshalb er nicht ans Telefon gegangen ist?

Dass er jetzt keine Angst mehr hat, vor dem Herbst und vor dem Winter?

Dass die Wohnung dann nicht so kalt sein wird, wie sie ihn immer warnt?

Wieso ist er sich da so sicher? Weil Ella diese kräftigen Schultern hat, diesen vollen Körper mit den dünnen Beinen?

Ella wäscht sich die Hände und spielt mit dem Lippenstift, der auf ihrem Waschbecken steht. Lässt ihn langsam von der einen Hand rollen, um ihn mit der anderen aufzufangen, zieht dann die Kappe ab und Runden auf ihrem Mund; denkt kurz an morgen und ob sie dann vier statt zwei Brötchen aufbacken wird.

»So'n Quatsch!«, sagt sie leise. T-Shirt straffen und fest auftreten, in die Küche gehen und Tee aufgießen – das muss sie jetzt!

»Nach dem Tee wirst du gehen«, sagt Ella. Befremdliche Worte aus einem fremd aussehenden Mund. Ob sie eine Matratze für ihn hat, zum Schlafen in der neuen Wohnung, fragt Clemens, der sieht, dass es hier neben Ellas breitem Bett noch zwei Sofas gibt.

»Nein« sagt Ella, drückt ihm aber ihre Isomatte in die Hand, als er schon draußen steht und ununterbrochen die Klappe ihres Briefschlitzes auf und zu klackt.

Ella klettert aus der Jeans und löscht das Licht. Die Bettdecke liegt schwer auf ihrem Körper, beide Arme schlaff darauf. Der linke wandert zur Wand. Ganz langsam beginnt sie, pult mit dem Fingernagel des Zeigefingers zunächst die Knubbel der Raufasertapete ab, reißt dann kleine Stücke von der Wand. Dann größere, schält und schält ...

Tina Patricia Pfab

Literarische Physik

Das Leben ein schräger Wurf
Berechnet durch die Wurfparabel $\quad y = -\frac{g}{2} \cdot \frac{x^2}{v_o^2 \cdot \cos^2 \alpha} + x \cdot \tan \alpha$
Du der Tangens vor dem Alpha
Ohne Dich kein x vor dem Mal

In der Rotation der Drehwinkel
Egal ob gleichförmig, beschleunigt
Ich liebe Dich schleunigst $\quad \delta = \omega \cdot t + \delta_o$
Weil Du das Plus vor dem Istgleich bist

In der Winkelgeschwindigkeit
Bist Du die Konstante
Ich finde sie toll wie Emilia $\quad \omega = \text{konst}$
Deine Tante

Du bist mein Drehimpuls
Inmitten eines turbulenten Drehmoments
Ich liebe Dich irgendwann so immens $\quad \vec{M} = \vec{r} \times \vec{F}$
Ich bin der Trägheitsmoment

Ich bin die Feder der mechanischen Energie
Du lässt mich springen $\quad E_{pot} = \frac{1}{2} \cdot D \cdot s^2$
Ich bin nur für Dich das E
Das E vor dem Istgleich

Doch wir sind nicht gleich
Etwa genauso gleich
Wie das E und das P $\quad P = \frac{w}{t}$
Der mechanischen Leistung

Du bist der Wirkungsgrad
Ich immer noch das E
Wir trinken zwischendurch einen Tee $\quad \eta = \frac{E_{ab}}{E_{zu}}$
Da fällt mir etwas ein, eine Idee

Wie war das mit der Gravitation
War das nicht die geschichtliche Faszination
Ich bin der Strich des Bruchs
Du das y mal m

$$F = y \frac{m_1 \cdot m_2}{r^2}$$

Ich habe Dich lieben gelernt
Irgendwo zwischen der Kreisfrequenz
War sie das große T
Und ich die unauffällige, nötige kleine 1

$$\omega = \frac{2\pi}{T}$$

Lass sie nicht die Ausbreitungsgeschwindigkeit sein
Ich bin doch schon das c
Du bist das Istgleich
Frag nicht

$$c = \lambda \cdot f$$

Nein, Du bist die Wellenlänge
Und zwar meine ganz eigene
Ich bin diesmal das mal f
Und das c ist das Ergebnis aus uns beiden

Jana Schlenzig

Wie ich zu meinem neuen Gewürz- und Kräuterbuch kam

Manchmal ertappe ich mich dabei, darüber nachzudenken, warum bestimmte Wörter so heißen wie sie heißen, überlege dann, wie das Wort wohl noch heißen könnte, wenn man es nicht schon anders genannt hätte.

Neulich habe ich über unser Gewürzregal nachgedacht. Salz, Pfeffer und Konsorten harren dort ihrer Benutzung – aber wie sind ihre wirklichen Namen, haben sie denn wirklich den richtigen erhalten?

Zum Beispiel der *Majoran*, der Freund der Kartoffelsuppe und der Verfeinerer jedes Leberwurstbrotes (daher auch der Beiname »Wurstkraut«). Warum Major? Warum nicht Leutnantan? Oder Generalan? Schön klänge auch Marschallan. Warum trägt Majoran diesen Dienstgrad und nicht einen anderen? Wer hat ihn zu diesem ernannt? Wo trägt Majoran seine Schulterstücke? Hat Majoran Schultern?

Oder der *Liebstöckel*, im Volksmund auch das »Maggikraut« genannt? Woher wissen wir denn, dass das Liebstöckel lieb war? Könnte es nicht auch ein Bösstöckel sein? Ein Unartigstöckel? Oder gar ein Bösästel, wenn's größer ist. Ein Garstigbaum wäre dann wohl das Erwachsenenstadium dieses Gewürzes.

Ein Gewürz, welches mich ja schon vom Namen her anwidert, ist das *Hirschhornsalz*. Angeblich zum guten Backen notwendig. Ich frage mich ja, ob da wirklich geriebenes Hirschhorn drin ist. Was sagt denn der Hirsch dazu? Hängt man die Geweihe also nur an die Wand, um immer auch eine wichtige Backzutat greifbar zu haben? Und: wenn kein Hirschhorn drin ist – warum ist es dann nicht Steinbockhornsalz oder Widderhornsalz? Ist Hirschhorn besonders schmackhaft? Stehen deutschland-, ja, weltweit Hausfrauen am Ofen und reiben Hirschhorn in den Teig?

Und dann – nicht mehr ganz zur Gruppe der Gewürze gehörend – die *Pinienkerne*, von mir gern geröstet über den zubereiteten Spinat geworfen. Wer weiß denn schon, ob »Pi« wirklich zum »nie« gehört. Hätten ja auch Omeganienkerne oder gar Ohmienkerne sein können.

Genauso *Piment*. Kleine, angeblich verdauungsfördernde schwarze Kullern, die mein Freund ans Nudelwasser macht und sich dann diebisch über die Tatsache freut, daß ich *immer* draufbeiße. Hier dasselbe. Könnte auch Omegament heißen. Oder Ohment.

Und warum heißt *Thymian* Thym Jan? Könnte doch auch Thymbernd oder Thymthomas heißen und keiner würde es merken, weil wir es ja immer so kennen würden.

Schön auch *Rosmarin* – dabei ist es weder rosig noch blau. Woher kommt diese Namensgebung? Früher wurde Rosmarin jedoch auch Brautkraut genannt – vielleicht hießen früher viele Bräute so und der Einfachheit halber wurde dies sprachlich umgesetzt. Heute würde es vielleicht Elisabeth oder Claudia heißen.

Salbei. »Bei« gehört ja der großen Gruppe der Präpositionen an. Warum hat also »Sal« sich »bei« ausgesucht? Weil es von Peter verlassen wurde, der sich lieber mit »Silie« zusammentat, wohl, weil sie immer hinter ihm steht.

Gern zum Schinkenröllchen gereicht wird der scharfe *Meerrettich*. Dabei kommt der gar nicht aus dem Meer. Im Prinzip ist er nicht einmal ein Teichrettich, nicht mal das. Warum spiegelt er uns vor, aus dem Meer heraus zerquetscht unsere Nasen zum Laufen zu bringen?

Viele – gerade italienische Gerichte – bereichert das *Tomatenmark*. Falls der Begriff der Tomate tatsächlich im Zusammenhang mit Madenbefall entstanden ist, wäre es ja auch denkbar, dass sie eigentlich eine Towurme ist. Aber davon abgesehen: wieso Mark? Könnte ja auch Towurmenklaus sein. Towurmenalfred. Keiner würde etwas merken, alle würden den Klang des Wortes »Tomatenmark« komisch finden und weiter Towurmenalfred ans Essen machen.

Muskat. Als Nuss von der Natur zur Verfügung gestellt, ist sie gerieben bei mir im Spinat zu finden. Da man sie aber auch an den Kartoffelbrei macht, ist es noch eine Breikatnuss oder auch eine Pürreekatnuss. Was für Muse (außer Mona Lisa) kennen wir denn? Apfelmus, Pflaumenmus ... da macht man doch kein Muskat ran – es sei denn, man leidet unter vorübergehenden Hormonschwankungen. Also: klarer Fehler bei der Namensgebung.

Der *Beifuß*, Freund des Gänsebratens. Muss man ihn – um seinen Namen zu würdigen – zu Füßen der schon toten Gans oder der noch schnatternden legen? Noch auf dem Hof des Bauern bzw. ins Gitter der Mastanstalt oder in den Bräter? Wenn nicht – warum Beifuß? Wird er beispielsweise wahllos im Bräter verteilt, kann er ja auch ein Unterflügel oder Inbauch sein.

Kommen wir zum vielfach vergessenen *Kerbel.* Wird er zusehends aus den Gewürzregalen verdrängt, weil er nur in Kerben wächst? Selbst wenn es so wäre, dann könnte er ja genausogut Rillel oder Ritzel heißen.

Soja ist im Wesentlichen sicherlich durch Zufall entstanden. Ich nehme an, dass an chinesischen Imbissen einfach nach Soße zum Essen gefragt wurde, die Bedienung die Kelle (oder eine der Plastikflaschen mit chinesischen Schriftzeichen) über das Essen hielt und der Kunde irgendwann »So, ja« sagte, um damit anzudeuten, dass ihm diese Menge Soße genügt. Und siehe da: der Name eines Gewürzes ist aus einem Zustimmungslaut entstanden.

Holunder: Sicherlich aus der Fährmannssprache. An den

Ufern der Flüsse wurde ja früher oftmals der Ruf »Fährmann, hol über« laut und ein Chauffeur mit Boot brachte einen ans andere Ufer. Hatte man dann am anderen Ufer dann das eine oder andere Getränk aus dem vergorenen Saft dieser Beerenpflanze eingenommen, rief man, um den Fährmann dumm zu machen oder auch, weil man das richtige Zauberwort nicht mehr wusste, »Fährmann, hol under« und der wusste dann gleich, dass er vielleicht noch eine Tüte mitbringen muss.

Fraglich ist auch die Herkunft der Bezeichnung *Schnittlauch*. Ich nehme an, dass früher in gewissen sprachlichen Gebieten eine Scheibe Brot »Schnittl« genannt wurde.
Hatte man nun zum Abendbrot Besuch, der sich partout nicht abwimmeln ließ, fragte man dann anstandshalber »Schnittl, auch?« und bot somit vom Brot an. Da man auf dieses dann dieses Zwiebelgewächs klein verteilte, um den lästigen Besuch mit Mundgeruch zu versehen, wurde wohl dann Schnittlauch daraus.
Oder aber es handelt sich um ein früheres Schneidergewürz, als es noch keine Lineale gab. Man legte zur Schnittführung einen Halm Schnittlauch auf den Stoff, zog mit der Schere durch und: ein gerader Schnitt – daher Schnittlauch.

Ingwer könnte auch Ingwem, Ingwas, Ingwohin oder ähnlich heißen. Wobei: Woher wissen wir, dass »Wer« Ingenieur ist? Er gibt uns das vor, indem er sich ein Ing. vor den Namen setzt. Doch in Zeiten gekaufter Titel sollte man auch hier vorsichtig sein. Sollte uns das Wurzelgewächs diesen Titel nicht durch eine entsprechende Urkunde nachweisen können, wäre ja auch denkbar, dass es einen anderen Titel trägt, z.B. Drwer – was wiederum keiner aussprechen könnte. In jedem Falle würde ich Ingwer erst mit seinem Titel anreden, wenn ein Nachweis dessen erfolgt ist. Bis dahin belässt man es bei »wer«.

Der aktive *Wacholder*. Aktiv warum? Nun, sonst wäre es doch Trägolder. Müdolder. Oder Antriebslosolder. Und wer als Pflanze derartige Beeren hervorbringt, wird wohl ständig am Werk sein. Mithin – diesen Namen hat er wohl verdient.

Koriander ist also anders. Sonst hieße er ja Korigenauso. Oder Koriebenfalls.

Wir sehen also: Es lohnt sich, darüber nachzudenken.

Jennifer Schneider

DER KLEINE FRIEDEN IN MEINEM KOPF
Gescheitert
Wieder am Anfang
Die Front ist vorgerückt
Die Angreifer entschlossener als je zuvor
Es scheint unmöglich
Mein Gebiet zu verteidigen
Also schlage ich mich
Auf die Seite des Feindes
Und kämpfe mit ihm
Gegen mich.

Franziska Wilhelm

Ich liebe dich wie meinen Kühlschrank, Honey

Ich liebe dich wie meinen Kühlschrank, Honey,
man kann spät zu dir kommen und immer brennt Licht;
du hast Weißwein und Eiskrem und Eisbein, Honey,
und ein wunderbar ebenes, gerades Gesicht.

Meist riechst du ein bisschen nach Zwiebel, Honey,
das sag ich ganz ehrlich – es stört mich auch nicht,
ich lehne mich an deine Seite an, Honey,
und dann schaun wir zusammen den Wetterbericht.

Du weißt, dass ich früh kalte Milch trinke, Honey,
bist treu, brummst nur selten und hältst meistens dicht
und ich liebe dich wie meinen Kühlschrank, Honey,
doch mehr – ist es leider auch nicht.

Martin Werthmann

Sonntag

Er lag auf seinem Bett, die Hände hinter seinem Kopf verschränkt und die Beine aufgestellt. Er starrte an die Decke, wo ein Ventilator stetig seine Runden drehte. In seinem Kopf war beinahe Leere, nur ein paar Gedanken irrten durch den Hintergrund: verloren, zusammenhangslos. Sie betrafen gestern. Ein paar Bilder, ein paar Worte, Situationen. Er entdeckt einen Fleck an der Decke, gleich rechts neben dem Ventilator. Er erinnert sich: Es war eine Mücke, die er vor ein paar Tagen erschlagen hatte. Wieder blickt er durch die rotierenden Blätter des Ventilators, er muss an einen Hubschrauber denken, den er letztens gesehen hat: Ganz dicht war er über ihm geflogen, so dass er den Luftzug spüren konnte. Noch immer geistern Fetzen von gestern durch den gedankenlosen Raum, die nicht so recht wissen was sie sollen. Er muss über eine Situation lächeln, die gewesen war, bemerkt es aber nicht. Das Telefon schreckt ihn auf. Er richtet sich auf und macht ein Gesicht, als würde er das Geräusch zum ersten Mal hören. Dabei besaß er das Telefon schon seit geraumer Zeit und hatte auch den Klingelton nie geändert. Er blickt zum Telefon, als wolle er es klingeln sehen. Es klingelte eben. Es stand am anderen Ende des Raums, er musste wohl aufstehen. Ein orangenes, schon etwas in die Jahre gekommenes Telefon. Eines der ersten mit Tasten. Seine Oma hatte es ihm überlassen, weil es ihr zu kompliziert war, dabei hatte es kaum Funktionen, man konnte den Klingelton verstellen, man hatte zehn verschiedene Möglichkeiten, von denen aber jede zweite fast gleich klang, man konnte die Nummer automatisch wiederholen lassen und man konnte ein paar Nummern speichern. Für den Zeitpunkt des Kaufes äußerst modern. Es hatte ein paar Jahre in Omas Schrank verbracht. Er hatte immer wieder versucht es ihr zu erklären, aber sie wollte es nicht verstehen. Sie drückte oft falsche Tasten und gelangte nicht dorthin, wo sie hinwollte. Noch etwas abwesend geht er zum Telefon. Es ist seine Mutter. Sie ruft immer mal an, einfach um mal zu hören. Er greift nach den Zigaretten, die er neben dem Telefon hat liegen lassen. Blickt in die Schachtel: Ein paar einsame Zigaretten wissen nicht so recht, ob sie sich nach rechts oder links legen sollen. Er klemmt den Hörer zwischen Schulter und Ohr, nimmt eine heraus und steckt sie in den Mundwinkel. Er fasst den Hörer wieder und sucht mit der anderen Hand zwischen all den Zetteln auf dem Telefonschränkchen nach einem Feuerzeug. Es ist nicht zu finden. Sein Blick schweift durch sein Zimmer, zur Fensterbank, zu seinem Nachttisch. Er greift das Telefon, schiebt mit dem Fuß einige Klamotten, die auf dem Boden liegen zur Seite, immer noch auf der Suche nach einem Feuerzeug. Er geht auf die Knie, stellt das Telefon neben sich und befühlt die Taschen seiner Hose, die er gestern getragen hatte: ein paar Münzen, irgendwelche Zettel. »Hörst Du mir denn überhaupt zu?«, fragt die Mutter etwas betonter. »Ja, ja, Mutter«, nuschelt er zurück. Er kann kein Feuerzeug finden. Er greift wieder nach dem Telefon, richtet sich auf und geht zum Schreibtisch, sein Blick scannt die Schreibtischoberfläche: erfolglos. Das Kabel reicht nur bis zur Küchentür, die restliche Distanz bis zum Herd versucht er mit der Schnur des Hörers zu überbrücken. Er dreht das Gas auf und drückt den Funkengeber. Langsam dreht er die Zigarette in der Flamme der Platte vorne links, zwischendurch zieht er immer wieder hastig daran, bis sie vernünftig glüht. Er dreht den Herd wieder aus, hebt das Telefon vom Boden und ist auf dem Weg zurück in sein Zimmer. Im Flur betrachtet er ein paar Fotos, die Freunde ihm auf eine Pappe geklebt und zum Geburtstag geschenkt hatten. Er kann sich ein leichtes Lachen nicht verkneifen, obwohl er die Fotos schon so oft betrachtet hatte: Er muss an die Party denken, der letzte Rest war gegen Ende dermaßen betrunken. Und dann das Frühstück, ohne eine Minute Schlaf, alle sahen aus wie Leichen und flehten um Kaffee. Er muss schmunzeln. Zum Glück war nichts kaputt gegangen, bis auf ein paar Gläser. Die Wohnung sah aus wie ein Schlachtfeld, überall die leeren und halb leeren Bierflaschen, Teller mit Essensresten, Kronkorken, Gläser, Tassen und wieder hatten einige ins Spülbecken geascht, obwohl er ausdrücklich gesagt hatte, dass er es hasst, wenn jemand ins Becken ascht. Dann war das Bier alle: die große Frage: »Wer hatte ein Auto und konnte noch fahren?« Zuletzt musste dann doch zur Tanke gepilgert werden. Vorsichtig balanciert er die Asche seiner Zigarette und blickt in sein Zimmer auf der Suche nach dem Aschenbecher. Er stellt das Telefon auf den Schreibtisch, kramt ein altes Marmeladenglas unter ein paar Blättern hervor, das kaum gewillt ist, noch eine Kippe zu fassen. Er hasste den Anblick der vielen Ümpel, weil es ihm vor Augen führte, wie viel er raucht, und das wollte er gar nicht wissen. Er wandert zum Fenster und blickt auf den Innenhof. Sein Nachbar gegenüber saß wieder auf seinem Balkon und war am Trainieren. Sein Feinrippunterhemd konnte das Trainingsergebnis nur schwer überdecken. Er stellt das Telefon auf die Fensterbank und setzt sich halb auf die Heizung. Sein Blick wandert durch sein Zimmer und verweilt einige Zeit auf einem Poster, das über dem Bett hängt. Die Melodie eines Liedes steigt ihm in den Kopf: ›da da dadada dadadada.‹ ›Mein Vater hatte es schon gehört und es gibt sie immer noch‹, denkt er sich. »Passt du auch auf Dich auf?« »Ja, Mama.« »Komm uns bald mal wieder besuchen.« »Ja Mama, grüß Papa.« Er legt auf und stellt das Telefon wieder zurück aufs Telefonschränkchen, geht zum Schreibtisch und drückt die Zigarette in den übervollen Ascher. Einige Zeit steht er im Zimmer mit dem Gedanken: ›was nun‹, den er aber nicht denkt, dann schmeißt er sich wieder aufs Bett. ›Ich sollte aufräumen‹, denkt er sich. Wieder starrte er an die Decke auf den Ventilator. Der letzte Abend war lang gewesen, und obwohl er auch lange geschlafen hatte, war er immer noch ziemlich matschig. Hatte sich mal wieder die Lunge aus dem Hals geraucht und über den Durst getrunken. Stetig drehte der Ventilator seine Runden.

Er ist in einer Spielbank, mit seinen Eltern, er kann es nicht so recht glauben; aber er ist dort und es scheint alles seine Richtigkeit zu haben. Ein feines Ambiente, in einer Ecke klimpert jemand auf dem Klavier. Menschen in Abendgarderobe, an verschiedenen Tischen und Automaten versammelt. Er sitzt mit seinen Eltern am Roulettetisch.

Der Croupier sieht fragend in die Runde und bittet um Einsätze. Er blickt ihn an, es war seine Oma?! Seine Eltern setzten auf Schwarz. Er kann sich nicht entscheiden, was er wo setzen soll. Am liebsten will er auf alles setzen, um zu gewinnen, aber er weiß, dass es unmöglich ist. Der Höchsteinsatz ist erreicht, »Rien ne va plus«, das Spiel beginnt, und er hat nicht gesetzt. Der Teller dreht sich, wild tanzt die Kugel von Zahl zu Zahl, von Farbe zu Farbe. Er öffnet die Augen und sieht den Ventilator. ›Was das Hirn sich so zusammenspinnt‹, denkt er sich, ›Meine Oma als Bank.‹ Er streift sich mit der Hand über den Kopf und blickt sich im Zimmer um: ›Ich sollte wirklich aufräumen.‹

Inhalt

Vorwort von Matthias Biskupek   7

Texte der Preisträger

Lena Hammerschmidt · *Die Komplizin*	15
Björn Jager · *Letzte Liebe*	17
Alice Kerpen · *Ich fühle mich*	23
Florian Lamp · *Tubasolo!!*	24
Urthe Markus · *Der mit den zwei Hosenbeinen*	26
Stefan Petermann · *Die glücklichen Verlierer*	27
Jan Rieckmann · *Glasgefängnis*	33
Christian Schulteisz · *Alltagschiffrierung*	36
Christian Schulteisz · *Dunkelkammer*	37
Kristina Stanczewski · *Nachtfrost*	38
Simone Unger · *Schlafgeselle*	42

Texte der Preisträger
Autorenwerkstatt

Heike Becker · *Wie im Fernsehen*	45
Katrin Diel · *Der Bildschirmschoner*	50
Eileen Gläser · *high*	53
Christina Rühl · *Corpus delicti*	58
Katharina Weil · *Der Erzeuger*	59
Daniel Windheuser · *Fliederfarben*	65

Wettbewerbstexte – eine Auswahl

Olga Bykow · *Unter dem Wohnzimmersofa*	69
Anja-Maria Foshag · *Fernweh macht Augen rot*	74
Andreas Grünes · *Jeremia*	75
Tobias Grüterich · *Gewissenlos*	80
Flora von Herwarth · *Laubgeflüster*	81
Claudia Hoppe · *zwei Beine zu haben*	82
Elisabeth Laabs · *Tapete*	83
Tina Patricia Pfab · *Literarische Physik*	87
Jana Schlenzig · *Wie ich zu meinem neuen Gewürz- und Kräuterbuch kam*	89
Jennifer Schneider · *Der kleine Frieden in meinem Kopf*	94
Franziska Wilhelm · *Ich liebe dich wie meinen Kühlschrank, Honey*	95
Martin Werthmann · *Sonntag*	96
Alle Teilnehmer des Wettbewerbs	103

Alle Teilnehmer des Wettbewerbs

Sandra Abel · Firas Al-Butmeh · Saskia Alfer · Amsal Alihodzic · Yana Ampatziadis · Edward Andrukaniec · Florian Arndtz · Manuela Augustyniak · Elisabeth Aust · Stefanie Axthelm · Nadine Baer · Gunther Baganz · Matthias Bahn · Florian Balle · Pascal Baltzer · Birgit Bälz · Anna Baudisch · Nils Baumann · Aaron Levi Beck · Marcus Beck · Felicitas Becker · Heike Becker · Elena Bedtke · Christian Behr · Khesrau Behroz · Benjamin Beitlich · Julia Bekmanbetowa · Anne Berg · Antje Bernecker · Tobias Bernhardt · Franziska Bernhardt · Marian Bernhardt · Maria Beutler · Sarah Bickrodt · Sebastian Bieber · Anna Biedermann · Maria Bittkow · Carol Blaczek · Anne Blaschke · Martin Blask · Nadine Blöcher · Jakob Blomer · Melanie Böhm · Nathalie Böhm · Rebecca Böhme · Christin Bohnke · Katrin Boller · Clara Bombach · Claudia Bömicke · Anne Brandt · Anna-Magdalena Brandt · Sandra Brandt · Ann-Katrin Braner · Bianca Braun · Sina Braune · Franziska Brill · Irina Brodski · Sandra Broschat · Thorsten Brück · Sarah Brumlop · Frank Büchel · Beatrice Bühner · Natalie Bukmaier · Christian Bunke · Jan Burghardt · Olga Bykow · Eva Regine Carl · Kristina Chengara · Zakia Chlihi · Kolja Philipp Debus · Patricia Dickreuter · Katrin Diel · Anne Dietrich · Karin Dietsch · Andrej Diljevic · Anne-Christin Döhle · Ann-Christin Dold · Naja Marie Domsel · Katharina Draisbach · Sarah Duschl · Frauke K. Eckl · Clara Ehrenwerth · Eleonore Eich · Victoria Eichhorn · Anna-Maria Eilenberger · Christin Endter · Louisa Engelmann · Christoph Englert · Lilian Eßer · Katharina Etzel · Julia Eymann · Timm Faust · Lars-Peter Feigl · Christiane Feix · Lena Feuerstein · Britta Fietzke · Sandra Filipczyk · Stephanie Fischer · Thomas Fix · Vera Fleischer · Anja-Maria Foshag · Gabriele Frank · Norma Franke · Christopher Franke · Miriam Frankenstein · Kevin Friedrich · Michael Friedrich · Heiko Friehl · Kristin Fritsche · Nikolai Fritzsche · Melanie Fuchs · Josephine Fügener · Madeleine Fuß · Katharina Gabel · Patrick Galke · Wolf-Christian Gantert · Susanna Garibian · David Geißler · David Gerhardt · Martin Gierczak · David Gierten · Sylke Gießmann · Lara-Geraldine Gilgen · Eileen Gläser · Timo Göttel · Daniel Gotttschald · Alexandra Graf · Elena Grebele · Maria Grein · Peter Grimm · Stephan Großmann · Yvonne Großmann · Irene Großmann · Ricarda Grube · Dominik Grubert · Andreas Grünes · Tobias Grüterich · Isabelle Gudat · Maria Günther · Cindy Günzler · Juliane Gutjahr · Mariya Gyurova · Melanie Hagenbring · Wolfgang Hahn · Monika Hamann · Lena Hammerschmidt · Andreas Hänisch · Arne Hanselmann · Bernd Hartmann · Johannes Hartmann · Nicole Hartung · Estella Hebert · Lissi Hebert · Lisa Hebestreit · Kilian Hebestreit · Steffen Heinz · Julia Heißner · Manuel Heller · Melanie Hellmuth · Helena Helm · Stefanie Herbig · Janina Herbst · Stefanie Herold · Diana Herpel · Tobias Herrlich · Leya Hess · Juliane Heß · Christina Heßberger · Luise Heuchel · Julia Heupel · Alexandra Hinz · Jenifer Hochhaus · Heidi Hock · Anett Hoffmann · Bianca Hofmann · Marlene Hofmann · Antonia Hofmann · Kerstin Lisa Höfner · Judith Hogen · Marie-Héléne Hohmann · Ingo Holaschke · Sarah Holbein · Teresa Holfeld · Kerstin Holzheu · Claudia Hoppe · Franziska Hörnig · Florian Hößel · Yorck Hoßfeld · Christina Illge · Daniela Jacob · Annette Jacob · Andreas G. Jacob · Björn Jager · Alexander Jäger · Stefanie Jahn · Nora-Leonie Jankovic · Daniel Jankowski · Kristin Janz · Elvina Joly · Manja Kabisch · Stefan Kallnbach · Leonie Kampe · Katharina Kantreiter · Britta Keil · Moana Keiper · Sebastian Kellner · Thomas Kemper · Friederike Kenneweg · Kerstin Manuela Kern · Alice Kerpen · Diana Keucher · Fanice Kielbassa · Julia Kießler · Simone Kilches · Juliane Klässner · Isabelle Klaus · Rebecca Kleber · Benedikt Klein · Mieke Kleinfelder · Melanie Kleinschmidt · Paul Klemm · Katja Klengel · Tim Klimes · Anja Klippstein · Sabine Knauft · Robert Knieling · Stephanie Knoche · Frank Köhler · Elisabeth Köhler · Nicole Kohlhaas · Timo Kolb · Claudia Kolb · Jana König · Tilman Kootz · Sarah Kornberger · Stefanie Korndörfer · Katharina Köster · Sabrina Kratzien ·

Isabell Krauße · Thorn-Rennig Kray · Klaus Krückemeyer · Jessica Kuch · Katharina Kullner · Diana Kulow · Karoline Kumst · Elisabeth Laabs · David Lambrecht · Florian Lamp · Annette Lang · Jenny Lange · Christina Langer · Johannes Lebeder · Mareen Ledebur · Christine Leffler · Franziska Lehm · Nadine Lehmer · Orges Leka · Leander Lenz · Lena Liebenthal · Ruth Liebscher · Michael Liedtke · Doreen Liersch · Friederike Lilienthal · Karina Linz · Julia Lischewski · Denise Lockhofen · Anne Ariane Lonsky · Elke Ludwig · Eduard Luft · Matthias Luft · Anna-Sophie Lühmann · Lydia Mahnke · Janina Mai · Teresa Maienschein · Timo Mäkitalo · Dorothée Malonga Makosi · Danny Malischewski · Anna Marek · Urthe Markus · Sarah-Maria Martin · Katharina Mathea · Nicole Matthies · Franziska Matzat · Claudia Meinel · Leila Meinhold · Ulrike Melzer · Alexander Mergler · Jessica Meyer · Sandra Meyer · Kathrin Miedniak · David Miller · Mareike Mink · Mahsuma Mohsseni · Robert Martin Montag · Marcus Morgenstern · Nina Moritz · Friederike Müller · Sylke Müller · Beatrice Müller · Robert Müller · Bettina Müller · Thomas Müller · Laura Muth · Mira-Kristin Muth · Mona Nasiripour · Falk Nawroth · Anna Nefjodov · Katrin Neudeck · Christina Neumann · Kathleen Neumann · Lisa Neumann · Melanie Neumann · Christian Neumeier · Teresa Nickel · Sarah Magdalena Nickel · Steffi Nieschler · Sarah Nixdorff · Tina Nolde · Nadine Nowak · Alexander Nunez · Ricarda Nyán · Selma Oelke · Katrin Osterloh · Philipp Osteroth · Naciye Özsu · Stefan Petermann · Tina Patricia Pfab · Daniel Pfletscher · Tabea Pietsch · Stephan Pitelka · Julia Pöhlmann · Christian Pölitz · Anna Postel · Carolina Preußer · Sebastian Priggemeier · Kathrin Prinz · Susanne Prohaska · Lena Quandt · Lydia Quitt · Felicitas Rataj · Katja Rauchfuß · Anahita Razmi · Robin Reder · Vanessa Rehermann · Sandra Reichel · Jenny Reichel · Tim Reichert · Anna C. F. Reimann · Sarah Reinbacher · Henriette Reinhold · Theresia Reinhold · Martina C. E. Reis · Christopher Remde · Daniel Rendel · Romina Rettschlag · Alexander J. Rheinberger · Mathias Rhode · Julia Richter · Yvonne Richter · Yvonne Richter · Jan Rieckmann · Franziska Riedel · Franziska Ring · Stefanie Ritzmann · Ulrike Röhl · Eva-Ramona Rohleder · Stefanie Römer · Konstantin Römer · Christopher Romig · Ronny Rose · Aileen Rosenberg · Sabrina Röser · Annika Rösler · Sandra Roß · Anja Rößler · Carolin Christina Rothamel · Christina Rühl · Marina Rumenjak · Anja Runkewitz · Heiko Rupp · Susanne Rupp · Thomas Rüter · Vaceslav Safarow · Franca Schankweiler · Christina Schilling · Jana Schlenzig · Sven Schmelz · Carolin Schmid · Nicole Schmid · Christiane Schmidt · Christopher Schmidt Sebastian Schmidt · Miriam Schmidt · Diana Schmidt · Anja Schmidt · Stefanie Schmidt · Sabine Schmidt · Stephanie Schmidt · Sebastian Schmitt · Lisa-Katharina Schmitz · Jennifer Schneider · Franca Schneider · Hendrik Schneller · Janek Scholz · Christian Schönberg · Anne Schönemann · Anne Schönfleisch · Kerstin Schramm · Nina Marie Schröder · Desirée Schröder · Jan Schrödter · Thomas Schröpfer · Freydis Schüchner · Petra Schuh · Julia Schüler · Christian Schulteisz · Nicole Nadine Schultheiß · Berenike Schultz · Hendrikje Schulze · Susanne Schulze · Markus Schulze · Silke Schunack · Janet Schupp · Laura Schuster · Fabian Schütze · Nicole Schwäblein · Eike Schwarz · Larena J. Schwarzzenberger · Cathrin Schweizer · Marie-Theres Schwinn · Meryl Scriba · Hendrik Seidel · Anne Seifert · Thomas Seifert · Margaretha Seifferth · Marianne Seip · Clara Selbmann · Florian J. Seubert · Farah Sheikh · Sandra Sieber · Christoph Siegl · Markus Simon · Dusan Sostaric · Jean Sroka · Kristina Stanczewski · Achim Stanislawski · Claudius Stauffenberg · Christoph Steier · Tom Steinert · Leander Steinkopf · Franziska Stephan · Alexandra Steube · Nicolas Stey · Judith Stottko · Robin Straub · Christian-Daniel Strauch · Imogen Stühler · Ulf Sundermann · Peter Szillat · Norsin Tancik · Stephanie Tentscher · Ricarda Terjung · Laura Tesdorpf · Corinna Thamm · Rebecca Theis · Patricia Thiel · Katja Thomas · Constanze Thum · Carolin Thümmig · Sara Tiburtius · Ümmühan Tosun · Martin Trabert · Nadine Trassat · Ina Treihse · Ewelina Karolina Turon · Alan Twitchell · Sabine Uhlig · Maria Ulrich · Simone Unger · Christin Urban · Maren Van Severen · Sarah K. Varga · Tsvetelina Velichkova · Anca Monica Vlase · Tanja Vogel ·

Christina Vogt · Jennifer Völker · Robert von Gruenewaldt · Flora von Herwarth · Robert Wagner · Melanie Waitz · Annekathrin Walther · Mandy Susanne Weber · Caroline Weber · Nadja Weber · Judith Wedekind · Claudia Wegner · Christian Wehmeier · Tanja Wehner · Nina Weiden · Katharina Weil · Christian Weil · Bianca Weinhold · Ingmar Werneburg · Caroline Werner · Martin Werthmann · Diana Weschke · Paul Wiersbinski · Eva Wießner · Jürgen Wilczynski · Daniel Wild · Franziska Wilhelm · Pia Wilken · Jan Wilm · Daniel Windheuser · David Winterstein · Daniela Wolf · Ursula Wolf · Anja Wolf · Charlotte Wolf von der Sahl · Peter Wolfram · Anja Wondratschek · Doreen Worm · Solveig Wrage · Stefanie Zellmann · Lino Ziegel · Andreas Ziehl · Claudia Zielke · Sascha-Bastian Ziemek · Thomas Zimmer · Felix Zozmann · Leon Zucchini